尝一口人间烟火

张佳玮 著

华东师范大学出版社
上海

图书在版编目（CIP）数据

尝一口人间烟火 / 张佳玮著. —上海：华东师范大学出版社，2019
ISBN 978-7-5675-9345-9

Ⅰ.①尝… Ⅱ.①张… Ⅲ.①随笔—作品集—中国 Ⅳ.① I267.1

中国版本图书馆 CIP 数据核字（2019）第 217191 号

尝一口人间烟火

著　者	张佳玮
责任编辑	顾晓清
责任校对	时东明
护封插画	天　然

出版发行	华东师范大学出版社
社　　址	上海市中山北路 3663 号　邮编　200062
网　　址	www.ecnupress.com.cn
邮购电话	021—62869887
网　　店	http://hdsdcbs.tmall.com/

印刷者	杭州日报报业集团盛元印务有限公司
开　本	889 毫米 ×1194 毫米　1/32
印　张	8.5
字　数	144 千字
版　次	2020 年 5 月第 1 版
印　次	2025 年 5 月第 9 次
书　号	ISBN 978-7-5675-9345-9
定　价	48.00 元

出 版 人　王　焰

（如发现本版图书有印订质量问题，请寄回本社市场部调换或电话 021—62865537 联系）

目 录

八千里路云和月 1

快手菜和慢工活 6

炸臭豆腐和年糕 11

"三两大肠面，红汤不辣！" 17

爱吃肉，没法子 24

红烧的甜 30

一个人吃饭 34

怎样才算是尊重食物呢？ 41

吃外卖 46

蛋炒饭 56

黄豆炖猪脚 58

馄饨 62

肉夹馍 68

咸鸭蛋 75

羊肉汤 79

汤圆与丧葬 87

白酒有什么好喝的呢？ 93

一人一半 101

一碗日式拉面 105

章鱼 111

人民都爱硬菜 115

趁你还能吃下一切时 120

冬天的幸福感 124

声音是有味道的 128

我很想念武汉的豆皮、菜薹和热干面 133

猪的全身都是宝 139

夏天的味道 152

夏天的第一口冰啤酒 158

一碗阳春面？一碗荞麦面 161

最好吃的面 165

世上有什么东西，是烤不好吃的么？ 171

生活不过是一碗米饭的味道 175

不如饮美酒，被服纨与素 179

吃牛 187

苦 192

酸 196

甜 202

咸 207

辣 211

布鲁塞尔与布拉格：啤酒的惺惺相惜 218

巴黎的咖啡馆 222

南方以南 227

吃茶，喝茶 233

吃蟹 239

吃肝 243

给食物起个中国名字 247

里斯本、肉桂粉和天涯海角 251

天妇罗 255

清口菜 261

收留太阳吃晚饭的那一晚 266

八千里路云和月

我们那里,许多人早上爱吃面。

早上爱在家吃稀粥小菜的也不少,但多是胃口不大的老人小孩,图个清爽简便;一般上班族,中午来不及吃好的,大多随意垫垫了事;早上若不再吃一碗好面,便觉生无可恋。

可早上想要吃面,在家里做来不便;尤其是在冬天,出被窝都不容易,还起床煮面?也无妨:打扮整齐,出门就近找店,吃碗面,满面红光,又能扛一天了。

于是我们那里的早面店,热闹得很。

江南人吃面,只就面条本身,没山陕那么讲究,没有扯揪拨鱼刀削等五光十色之分。多是一碗汤面,上加浇头。拌面另说。

据说老苏州人讲究些的,须吃"头汤面":怕面下得多了,汤就浑。我们无锡人似乎没这么精细,吃面,也就指望个久煮不烂有筋道——煮得烂的烂糊面自也有人爱吃，但早上吃面，大多希望面条挺拔精神。再便是：汤要熬得浓，宽汤配面，吃口鲜甜。

面之后，就是浇头了。老苏州人都爱吃焖肉面。懂火候的吃客，能掐会算，要焖肉面上的焖肉，特意带点肥边，等焖肉被面汤和面盖得半融化了，膏腴香浓，销魂得很。只是我们那里许多长辈觉得，早上吃焖肉面，太奢侈了，有些"作孽"，还是面上配点小菜，吃来心安理得：带皮烧鸭肉、脆鳝鱼、肴肉、白切牛肉片、笋丝雪菜、雪菜肉丝，等等。

我爸平素吃早面的那家店，由夫妻俩经营。老板黝黑，常在进店右手的厨房灶台忙，有个窗口朝着大堂；老板娘白胖，常坐在进门正面的柜台前。

我爸进门叫面，"一碗鸭肉面！"

老板娘等一等，便对灶台叫："鸭面一碗。"等一等，是等你加要求：宽汤紧汤？鸭肉是直接摆面上，还是另装一碟？要不要加一个蛋？

你没要求了，须臾老板一碗面上加了鸭肉，已经摆好。你如果说，"加个蛋"，老板立时"刺啦"一声，煎个蛋给你滑铺在面上。

这家店有个趣处：哪怕你叫碗阳春面，老板都会给你加一碟细切姜丝。姜丝撒面汤里，载浮载沉，等一刻，面汤会多一点甜辣香。跟老板娘道辛苦，她说这不费功夫，"每天炖牛肉都要切姜丝的"。——她这做法，听起来像日本的时雨煮——老板娘用无锡腔说普通话，声音敞亮：

"四季多吃一口姜，一年脏腑不受伤，夏天补气，冬天补寒！"

老板娘自己说，她每日早上开店掌柜，于她而言，已算是休息了：之前自半夜开始，预备各色浇头，都是她的功夫：切炒肉丝笋丝、煮白切牛肉、煮红焖牛肉、切鸭肉、切姜丝、炸脆鳝、分碟、摆盘。平日还要腌雪菜、腌笋。

比起这些，坐在柜台结账，的确可算是休息，轻松得很。

不过，"还是我老公辛苦！"

老板平日骑着三轮车买回各色东西，然后和面、下碱、多压几次，如此扁宽不黏，下汤不糊，宽汤带汁，有味。

面汤，用鸡骨猪骨牛骨虾壳熬的是白汤，白汤加猪油，配自己焖的甜酱油——做法我也不知道——做成红汤。

浇头里头若有要大锅炒的，就得他亲自动手：老板娘终究力气差一点。

白天老板娘掌柜时，老板在厨灶那里监督着面与汤。比如听到要红汤牛肉面，便下一笊篱面煮过，红汤加葱，牛肉摆上，请食客自己到窗口端去，瓮声瓮气地：

"对不起啊，我这里还要煮面！"

食客们便端了面坐了，抽筷子，顿一顿，挑面、拌汤、吸溜来一口。口味重的，捧碗喝一口汤，鼻孔出气"嗯"的一声表达满足。

早起，又吃了口好的，客人精神头都很足。大家吃着也爱聊天，搭茬的常是老板娘。偶尔老板加入聊几句。比如：

食客："说是卖蜡烛那家店里姑娘嫁出去啦？"

老板娘："是的呀！"

食客："人家说伊个姑娘太胖，不好嫁，我就说，终归是寻得着好人家的。"

老板娘："胖点怕啥啦，我看她胖得健康、好看，人又斯斯文文，好脾气。"

食客："是格是格，讨个好老婆还是要过日子的嘛。"

老板："是的呀，讨个好老婆是最要紧格！——鸡蛋面一碗！"

店堂大半都是嫣红翠绿的花鸟画，说是老板娘自己买来布置的。画眉图、喜鹊图、黄莺落树图、牡丹富贵气象图，不一而足。老板娘也每日里穿得大红大紫，气象鲜烈，高高兴兴的。

店堂里只有一面墙很素：进门左手那一侧，正对着厨灶台,据说是老板的自留地。一面白墙自顶落地,别无装饰,只挂了一幅极大的字,是岳飞的《满江红》。

我去了几次后,熟了,能开玩笑了,凑着我爸说:老板这爱好风格,还挺豪劲的嘛!跟老板娘的风格唱对台戏呀?

老板在灶台那里瓮声瓮气地说,"不是的。"

他指着"八千里路云和月"那句,道:

"我喜欢这句,因为我老婆名字就叫云月!"

快手菜和慢工活

久病成良医，出国成厨子。许多出国的人皆如此。

民以食为天，馋是第一原动力。出国久了的诸位，除非适应力极强，多多少少，都练了一手厨艺。

我的朋友——姑且叫他们鸭梨先生和芒果太太好了——情况微妙些。

鸭梨先生焦躁急进，凡事不肯拖拉。芒果太太和顺温柔，向来风度娴雅。日常在家，就是鸭梨先生做菜，芒果太太吃。

本来是好事，但久了也有不好之处。

比如某次在他们家聊完事，他们二位招待我吃个便饭。

鸭梨快铲硬锅，须臾间做好了两个菜——都是所谓快手菜，急炒猛火，大料薄芡，叱咤立办。招呼芒果来吃，芒果上桌慢了一刻，鸭梨先生催个不停。吃上饭了，也没停口，半恼半笑说话：

"平时吃饭就慢，这会儿还是慢；我这个做现成的，倒急着催你吃。"

最后一句话，劲头略微过了点。我一个客人，都听得尴尬起来，忙把话岔过去了。鸭梨大概也觉得了，不说话了。

不抱怨时，这俩还是恩爱夫妻。

之后我跟鸭梨单独喝茶时，他又跟我抱怨过一次：他抱怨的桩桩件件归结起来，大概是这么个意思：

他做饭，先是为了解馋，久了也乐在其中。每天到了点，他做饭，芒果吃饭。他研发新菜，芒果也吃。他问芒果好吃不好吃，芒果说好吃，特别好吃。但每次他做完饭，总得叫芒果三遍，人才来吃——性子慢！

要命的是，他问芒果要吃什么，芒果总是说两个字："随便。"

"最要命的，就是这个随便！我都不知道该做什么给她吃！老是怕自己做得不合她口味，都把不准她要吃什么！"

怨归怨，男人背地里说自家媳妇的话，听完就算。

他临走前，还是跟茶店要了些外带甜点，带回家去。"她很爱吃这家的，还是带给她吃！"

此后又过了些日子。天气寒温不定了几天。

某次电话找鸭梨，他说他且病着，我也不好上门。

待他病好时，到他家去，见他态度全然变了：宠爱他那位芒果太太，还是老样子；宠爱里头，倍加一份怜爱。也不催,也不嚷,和声细气,转了性子。

当时不好问——毕竟没法当面揶揄他:怎么大老爷们变小绵羊啦?

事后单独相对时,问起来,鸭梨先生说了下面的事。

且说鸭梨先生当日病着,吃啥啥不香,尤其厌恨西餐:腻。那天躺着,朦朦胧胧间,闻到一股香味——是那种中国人特别懂的香味。

芒果扶他起身到桌旁,递他一碗:吃吧。

这是啥?

佛跳墙。

鸭梨大吃一惊。他在国内,也吃过佛跳墙,知道这玩意难做。忙问怎么做的,芒果就据实说了:

她去亚洲超市,买了干货海参、鲍鱼、干贝和鱼翅等等,自己发好;按说还该有鸽子蛋,就象征性用鹌鹑蛋代替了;花胶、鱼肚、鹿筋那天买不到,转念就改买了东南亚的黑虎虾(自己捣了泥捏了捏)和牛筋。外加猪手、羊腿、三黄鸡、鸭子、冬菇、冬笋、火腿。又顺手买了杏鲍菇:反正看超市里有什么,就买什么呗。

各类干货,发好了,葱姜酒过一遍。火腿抹蜜蒸一下。

各色加工好。

汤头,自己用冰糖、绍酒、炖鸡骨头的汤做的。比平常少加了分量,怕味道重。

按说该有竹子衬底,没有,用日本超市卖的寿司帘儿衬;绍酒坛子倒有:老华人馆子里装花雕的。

如此煨了一下午,估量着汤醇味浓了,端上来。

她说得轻描淡写,鸭梨目瞪口呆,心服口服。

鸭梨用杯子敲着桌子,跟我念叨:他生病那几天,净是芒果做饭。吃的都是这种格局,这种级别。她做菜确实不快,但敢情以前在家里练的,都是功夫菜,慢工出细活,细里还带花。

鸭梨念叨:她调味那个细,刀工那个精,哎呀呀!跟她一比,我都是蛮力活。其实我做菜比她差远了,她肯吃我做的,还不挑不拣,是给我面子啊!我还觉得自己会做点快手菜算本事呢,结果这一看,哎!

所以,如今,他们家似乎是这规矩:毕竟大家都忙,各自也有事。平时还是鸭梨做菜。

但周末,厨房就让给芒果了。

芒果在厨房忙碌时，鸭梨总是左右盘着，试图打个下手，最后出来，悻悻然：哎，跟她那手艺一比，我连帮厨的资格也没有，就打个下手。

然后，又有点得意：老婆夸我，说我近来刀工进步了——既然她说我进步了，那就真是进步了！

炸臭豆腐和年糕

臭豆腐阿婆不只卖臭豆腐,还卖年糕。乍听来有些不对:臭豆腐臭而油黄,年糕香而白糯,香臭有别,聚一摊子卖,太奇怪了。但我们那一条街的人吃惯了,也见怪不怪,甚至成习惯了:觉着这两样,非得搭着吃,才对。被问起来,还振振有词:

"好像卖生煎包配牛肉汤的、卖馄饨配小笼汤包的,理所当然嘛!"

导致街上其他面饭店,到冬天有卖稀饭煮年糕的,有人吃着,就会问:"好,有臭豆腐没?——没有?"就皱眉,觉得太淡了,吃着少了点什么,不香。

这是我以前在上海住时的事儿了,至今还记得这条路径:出小区,右转,沿街到尽头,是个丁字路;丁字路左拐是地铁站商业区,颇热闹;将到丁字路处,右转有一条弄堂,就像家里门背后角落似的,安静,藏风避气。

臭豆腐阿婆就在那弄堂里摆摊,许多年了。臭豆腐本来很臭,但她躲弄堂里,不会熏得大马路上的人难受。

这条街都吃她的臭豆腐和年糕:水果店老板、超市收银员、刚忙完在门口抽烟的烧烤摊摊主。黄昏时分,下了课的小学生嗡嗡地杀将过来,看见臭豆腐阿婆那辆小车子——上面摆着煤气炉、油锅和三个小盒子——犹如见了亲外婆。

小学老师也会来买,买完和学生一起站着吃,边吃边抱怨孩子们:

"你们上课,要有吃臭豆腐这心思,就好了!"

臭豆腐阿婆小车子上,有三个盒子。

一盒装臭豆腐,你要吃,她就给你炸;你看臭豆腐在油锅里翻腾变黄,听见刺啦声,闻见臭味;炸好了,起锅,急着咬一口,立刻就能感觉到豆腐外皮酥脆,内里筋道柔糯,这就是视觉听觉嗅觉触觉味觉的全面享受,让人心里格外充实。

一盒装煮好的年糕,你要吃,她就放在炉火旁急速烤一烤,外层略黑、焦脆热乎了,给你吃;你咬一口,牙齿透过焦味儿,就被年糕的香软粘住了。

最后一盒,是臭豆腐阿婆的独门商业机密——她的自制甜辣酱;上口很甜,是江南人喜欢的那种甜;后味很辣,冲鼻子,你呼一口气,满嘴里往外蹿火。甜辣酱很浓稠,你要她便给;搅豆腐上,拌年糕上,好吃。

真有人受不了臭豆腐,却也来买的。"多给我点甜辣酱!"买了,出弄堂,臭豆腐随便递给弄堂口来回溜达的小孩,自己捧了年糕(可以搭配稀饭煮)和那小半罐子甜辣酱,回去盖在米饭上,一拌,配一碗榨菜鸡蛋汤,吃得满头冒汗。

我开始住在那里时,一份臭豆腐卖五毛钱。价廉物美,人见人爱。卖了好几年,涨价到一元。小孩子则倒罢了,上班族觉得很清爽:那会儿上海上班族,兜里的一元硬币比五毛硬币多。平时找不到五毛,还得花一元,看阿婆一边倒腾臭豆腐和甜辣酱,一边空出手找零钱,看着都累,说"不要找了",阿婆又不答应。这一涨价,干脆多了!一元硬币过去,拿起来就走。

有大人带着孩子来买臭豆腐的,说这豆腐以前只卖两毛——"那时候我也还上中学呢!"

阿婆闲坐等生意的时候,愿意跟人聊。说臭豆腐是她自己做的,年糕是她自己打的,甜辣酱是"死老头子"调的。

阿婆有种本事,无论什么场合,都能扯到"死老头子"。比如:

"近来那电视剧真好看啊!""是啊,可是我那死老头子老要看个戏曲频道,我是看都看不着!真真是一点儿都不关心我!"

"房价涨得结棍哟!""是啊,我以前就说,老房子嘛早点儿卖掉可以买新的来,死老头子就是不让卖!现在好了!真真是从来不听我的话!"

"这两天交通管制,堵车堵得来!""是啊!死老头子前两天好死不死,吃完饭想着要去龙之梦逛店了!好嘛!堵车堵了半个钟头!戆是戆得!"

"死老头子"是不是支持阿婆的事业呢?反正阿婆愤愤不平地说都是她在忙,"死老头子"是一点儿都不插手,除了调调甜辣酱。也不晓得关心她,"啊呀,真个是命苦啊!"

入冬了,街上流行感冒。阿婆袖着手,背靠墙在弄堂里做生意,看见生意来了就起身,揭开油锅,热腾腾的,边张罗着炸臭豆腐,边一愣神,转个身避着人:"阿嚏!"一边赶忙说"对不起",一边把豆腐包好。大家都关心,让阿婆多注意身体;面饭店的小姑娘给阿婆送来热水袋,修手机的老板给阿婆带来件军大衣。阿婆裹上军大衣坐着,一动不动如座雕塑,只露出俩眼睛在转,等顾客。顾客来了,她从裹着的层层衣服里伸出手,很灵便地操作、递东西。

阿婆终于还是没抵住病魔。有两天,我去买臭豆腐,看见个老爷爷坐那里,听小收音机——越剧《红楼梦》,"天上掉下个林妹妹,似一朵轻云刚出岫;只道他腹内草莽人轻浮,却原来骨格清奇非俗流;娴静犹如花照水,行动好比风扶柳……"

老爷爷脾气很好,见人就笑,满脸皱纹随开随散。

"老阿叔啊,阿婆呢?"

"她在家,她在家。这两天病了,起不动。我来做生意。"

"老阿叔啊,阿婆病得怎么样?"

"我给她吃姜汤,我给她吃热水,我给她炖糖蛋——我们那里治感冒都要炖糖蛋,好得快。"

"哎呀呀,老阿叔啊,要去医院的呀!"

"去过了呀,不严重,大夫说养养就好了。我是不放心,要让她好好养一养。她以前呼吸道不好,我怕她再发呀……"

老爷爷坐镇那几天,收摊比以往晚。倒不是生意差——还是黄昏前后收完了事——只是大家都很好奇,乐意跟老爷爷多说说话。他呢,手脚又慢一点,年糕一定要放饭盒里,扎上竹签,外面裹好了——"不然冷得快";炸豆腐一定要沥一沥油起锅——"太油了不好,还烫。"

出太阳那几天,阿婆回来了。多戴了顶帽子,多围了条围巾,严严实实,更像雕塑了。她一边看着油炸臭豆腐在锅

里转,刺啦啦地变酥脆,一边摇头:

"个死老头子很烦的,还说我要多养养,就是不让我出来做生意啊!"

"烦是烦得,要我戴这个围巾,怎么做生意啊!"

"……来,这个是你的……还跟我说啊,要早点出来,早点收摊回去,不然天快黑了冷,我倒要你教的,都没有做过生意!"

"……来,这个是你的……你们说是不是啊,我窝里这个,真真是个笨死老头子啊!"

"三两大肠面,红汤不辣!"

世上有许多东西,中吃不中看,要用巧词修饰避讳。比如前清时,据说老北京街坊,你叫住个卖驴肉的,问他要驴鞭,没有。说要钱儿肉,他看左右无人,就掏给你了,而且按规矩,得斜着切。

我在贵州云南交界的一处路边馆子,吃牛肉,菜单上"牛筋"下面,列着"牛大筋"。我心想这是什么,问老板。老板略赧颜,看看同来的几位女眷,低着声跟我说:

"牛鞭!"

相对而言,猪大肠就没什么避讳雅称。虽然女孩子们会露嫌弃之色,菜单上也不避讳。我只有一次,算是中了计:在老上海馆子,看见道菜叫草头圈子。草头是好菜蔬,圈子是什么?叫来一看:原来是猪大肠。这菜看着粗粝,却难得做好:草头须新鲜,猪肠子要洗得干净,才好吃呢。

我问过一位师傅:为什么猪大肠红烧的多,白煮的少?师傅毫不讳言:都嫌猪大肠有味道。红烧了、卤过了,就不显，大家就忘了是肠子了。好比许多地方炖猪头肉，务必炖到烂，一是为了入味，二是心理问题：一个大猪头，倘若不炖烂，便"猪"视眈眈对着你，谁都没心思吃；猪头烂了，看不清了，大家就没有了成见，只觉得是肉，下筷拌饭，吃得稀里哗啦。

我在无锡的家，出家门往南走有条岔路，一头向着太湖，一头向着高速公路。通高速公路那一片左近，龙蛇混杂：交警临时办公的所在、车辆管理所、运输公司、高速公路服务站，杂乱不堪。

大家说起来，那一带真正的地标，反是家面店。那店没名字——倒不是没招牌，年深日久，招牌都被汽车尘烟遮蔽，油灰重，大家也不记得了——只用一句话概括：

"红烧大肠面！"

在无锡，传统菜式大概分两类风格。其一清秀雅致，例如太湖银鱼羹；其二浓油赤酱，比如肉酿油面筋。大肠面属于后一种，大家日常吃个过瘾。司机们来往高速公路，都是拼体力的，奔波终日，吃的就是个痛快。经常是下了高速公路，车子停好，就进店去：

"一碗大肠面！"

如果那天恰好手松或馋，就是：

"大肠面,双浇头!"——双份红烧大肠。

老板是个瘦长汉子,穿白围裙,戴蓝袖套,头发稀稀疏疏,但中气很足;站得笔挺,仿佛标枪,我听长辈猜,他以前当过兵。

店里有厨子,据说是他弟弟;有老板娘,长一张冬瓜脸,胖而结实,在柜台管账;老板可不当甩手掌柜的,很精神,时时站在店门口迎客,看人来了,先问清人要什么,然后运中气,声如金石铿锵,拖长了尾音,直送进店里去:

"三两大肠面一碗!红汤不辣!"

店堂没什么装潢,就墙上贴了几张球星海报,杂志夹页里拿的;好在面积挺大,桌椅擦得干净,泛着用久了的木器那种无法避免的油光。

你坐下,老板便递上盘子:一小碟卤的红烧大肠,算送的,面还在后厨下着呢。大肠卤得好,鲜里带甜,又脆又韧,不失肥厚,越吃越想吃。有时候老主顾不好意思,就会扬声朝后厨房说:"我这里有大肠了,那面里就别搁了。"等面上来,就把这碟大肠用筷子胡噜进去。"过桥"——我听过一个苏州老人家说,过桥的意思是面的浇头另点,要进面里,须

借筷子之力,便叫作过桥了——老板却无所谓:

"没瓜子没点心,一杯水都没有,大肠还不管够?"

面很筋道,汤是大肠卤勾的红汤,口味重的就加一勺辣油,最好的当然还是大肠,吃得稀里呼噜。吃完,司机们边剔牙边结账,老板曼声道:

"一路平安!"

真有司机吃上了瘾的,坐下先吃一碟红烧大肠,吃面时要双份浇头,临走前还多要一袋卤大肠,开车门,放驾驶室。下回来吃面,满面春风:

"上次那包大肠,我从无锡一直吃到昆山!好!"

店里不卖酒,有爱吃红烧大肠的,专门从隔壁小店买了黄酒,到店里坐下,要大肠,于是刺溜一口酒,吧唧一口大肠;老板很热心,到冬天愿意帮着温一温黄酒,再加几缕姜丝。但这只限于平常顾客。如果是司机提着酒瓶进来,老板不让:"把酒退了去。"

这时候老板娘也会瓮声瓮气来一句:"大哥,平安是福!"

这店太有名,逐渐就有人慕名来了。不只是大老爷们来,也有女孩子跟着男朋友,在门口怯生生望望里面,又看看男朋友面色,于是高跟鞋小心翼翼踏了进来,收着双肩两腿,缩在凳子上,看菜单,又瞄一眼男朋友:

"真的好吃吗?"

老板一视同仁地朝后厨喊:"一个三两、一个一两大肠面,红汤不辣!"面端上来,男朋友双眼放光,紧赶着撮了两筷大肠,嚼得吱吱响,满足地叹口气,又侧头跟女孩子说:"吃啊,可好吃了!"女孩子于是下定了决心,狠狠瞪了面碗一眼,小心翼翼吃了两口,眉头一纵,对男朋友说:

"好吃哎!"

"我就说嘛!"

我曾经往后厨去过一次,就看见后厨有五台大洗衣机,轰隆隆地在洗肠子;五个小伙计,用盐搓大肠,忙得面红耳赤的。

我跟我妈说这事,我妈感叹:"唉,那里一天下来啊,不晓得要经手多少猪肠子!"一边顺嘴哧溜一口,又吃了块大肠。

我妈有那么两年,每天都得跑车辆管理所。或给汽车过户,或做汽车检查,于是一个星期倒有四顿午饭都吃红烧大肠面,吃不腻。她说了,老板好像从来不休息,"每天一条好嗓子,在那里喊,周遭都听得见。"喊来喊去,大家都习惯了。"三两大肠面,红汤不辣",像日出日落。

每到黄昏时分,大家忙完一天,把文件和笔一放,抬抬头:"唉,天都暗了。走,一起去吃大肠面。"必须上门吃,因为这家店惯例不送外卖:店里生意太多,照顾不上外面。

某年年初,南方下了罕见的大雪。高速公路下来的几个路口,设了许多岗;又逢过年前两天,汽车堵住,动弹不得。

那天我从上海回无锡,车子堵住了。幸而车厢里人多,但还是冷得呵手,又饿。正百无聊赖看窗外雪落,云色如铅,见一辆小三轮车,从车窗外悠悠滑过来;三轮车后盖着白布。车子到驾驶座旁,停下,骑车的就问司机:"要不要面?车上有要吃面的吗?"声音铿锵,如金石声。

——就是老板,骑着小三轮出来了。

冰天雪地,霜湿寒手,大家踊跃买面,端上来,发现老板用保温饭盒护住了,面还烫呢,烫得车里人吸溜吸溜的;老板很体贴,每碗里加一点辣,大家嚼完大肠满嘴香,吃碗面肚子鼓,最后把面汤喝了,满头是汗。没买到的,只好在一边看着吞口水。老板请大家吃完了,留着饭盒:"我一会儿回来收!"骑着车去下一辆车了。

我后来跟我爸说这事,我爸说他也听到了:老板之前从没送过外卖,这次送了;是按原价卖的面,还贴钱买了许多保温饭盒。据说这是老板娘的主意:

"大冷天的,堵在那里,作孽啊!谁不想过年早点儿回家啊!这天冷的,车上的人肯定都饿着呢!"

一周之后,就过年了。年初八,大家都上班了,我妈回来跟我说:回家路上经过那店,发现店门关着,还没开呢。我妈就担心:别是老板连着几天冒雪送外卖,冻坏身体了,"这可怎么好?"

去问隔壁黄酒铺老板,老板答:"海南旅游去了,正月十五回来——哎呀,他临走前贴个条多好啊,都是你们这样的来问,我被问得来,头昏陶陶!!"

我妈欣慰了,又有些不甘:"正月里吃不到大肠了。"我爸摇摇头:"人家做生意勤,几年都没出去玩过了呀!"

那段时间,我妈忍着,出去吃宴席,也不吃肥肠、草头圈子等菜。"要等着吃红烧大肠,吃别的大肠坏了嘴!"我爸听了摇头:"这张刁嘴!"

爱吃肉，没法子

住大都市的好处之一：你想买什么食材或调料，只要不太刁钻，总买得到。比如，全世界华人留学生，都能在超市买到"老干妈"酱；不管是纽约、东京、伦敦和巴黎，想做川菜，也都能买到郫县豆瓣酱。

住在巴黎，想吃中餐了，买豆瓣酱，做麻辣豆腐吃。我的法子很土，力求简单：回家焖上饭，开始切豆腐；烧水，水开了，把豆腐略烫一烫，满锅白茫茫，烫出豆腐香味。先预备好姜蒜豆瓣酱。肉糜是先切好的，搁冰箱里，这时候拿出来，狠抓一大把。

豆腐、姜、蒜都妥了，豆腐照例烫着，起油锅，下许多油，下姜、蒜、豆瓣酱、花椒，炒料；炒香了，撒肉糜，颜色炒深了，下豆腐。翻一下，把料匀净都抹到了，等油暴跳如雷闹一会儿，下点儿水，烧。水快收完时，想得起来就下湿芡粉调一调，想不起来就直接撒点儿辣椒粉，让豆腐油滑的表面麻沙沙的。

这时候，饭也好了。趁烫，把葱花往豆腐面上扔。一是好看，红配绿一台戏；二是好闻，生葱被麻辣的豆腐一烫，香得往鼻子里跳。

一开始，我还舍脸跟朋友吹这是麻婆豆腐——其实压根儿不算。豆腐是超市买的北豆腐（在巴黎买豆腐很撞运气），调味也不太对。要真在四川，你敢开馆子端这么一盘上去，人家糊你一脸。但在家里吃嘛，图个方便，配白饭吃个稀里哗啦，也凑合了。

第二天见朋友，朋友很给面子，说我做的豆腐香，"我就做不到这么好"，问我秘诀何在。我问了问他的做法，对应了一下我的，结论好像是：

"我第一舍得放油，第二舍得放肉。"

袁枚写过，炒素菜须用荤油。这话说白了，就是有肉味，沾荤腥，总是比较好吃。有个不爱吃肉的朋友也承认：

"我是不爱吃肉，但许多东西，加了肉，是好吃得多。就好像我炒青菜要加香菇——香菇不是肉，但有肉的感觉。"

没豆腐了，单是肉糜也能吃的。有一回，我炒好了麻辣料，开冰箱，发现没豆腐了，一时愣住。锅里姜蒜豆瓣酱跳，锅旁肉糜发呆，饭快焖好出锅了，临时不能换，救场如救火。我想了想，多抓了一大把肉糜——大概够捏五个丸子的量——下锅狠炒，另洗出些生菜叶来。把炒好的麻辣肉糜包生菜里捏团，上桌。这是我以前看菜包的吃法，只是菜包包的是蛋炒饭。开始惴惴不安，一吃，还行，菜叶子沙啦啦，肉嗞嗞响，也能下饭；蘸点蒜泥更好。就是没包好，拿着菜包，顺手流红油，手忙脚乱的。

法国超市的鸡，不太合亚洲人的脾胃；炖出来的汤，闻着有戾气，不温润不谦和；喝的时候，有腥气，姜也压不住，大概鸡在汤里都愤愤不平，不想让我吃。好在欧洲鸡都肥大，可以用来炸；切好煮过了，搁在咖喱里，也能做成咖喱鸡。

亚洲超市里到处有咖喱酱卖，一半是日本产——日本人真爱吃咖喱！——吃着偏甜；一半是印度产，但调弄起来，总嫌不够浓稠。我买咖喱粉。要吃时，先把土豆切块，炒；炒出土豆香了，下咖喱粉，下大量的水，慢慢熬。这一锅熬上两三个小时，土豆也灰头土脸没了俊朗外形，水、淀粉和咖喱粉也"融会贯通"了，下煮过腌过的巴黎肥鸡肉，继续焖着。起锅了，咖喱、鸡和土豆倒在饭上，咖喱倒比饭都多。锅底还有些咖喱，都凝结了，使铲子刮下来，淀粉质，搁着。

谷崎润一郎以前说，日本人用黑漆碗盛白米饭，黑白分明,色彩凶烈,尤其催人食欲。我看咖喱才是:浓黄香稠一大片,站白米饭旁边,显得米饭格外好吃。色彩之提胃口,有时甚于味道。

咖喱酱一顿吃不完,可以搁冰箱。冷透了之后,口感微妙,半凝略冻,吃着简直有点儿脆;放热白米饭上,慢慢融化,入口简直听得到"嘶"的一声,本来被冻封住的香味,忽然就出来了。鸡身上裹了半冻的咖喱酱,吃到嘴里半融时,居然让我有吃鱼冻的感觉。

肉分好坏。肉好时,可以直接烤,不加料都好吃;肉不那么好时,就得靠调味,外加拖时间。

我买过一只地道的法国鸭子,发呆,不知该怎么做。若把鸭子要过来,略炒,扔进大瓮里,再放些她从重庆带来的酸萝卜,另外调了些料,跟我说别管了。一下午,瓮里传出醉人的鲜味,我这才知道鲜味真可以醉人,是那种喝酒之后,既享受又受刺激般"吸溜"吸口气的感觉。鸭子吃起来醇浓得很,每块肉都发酵过似的香。

我有个日本同学,处理动物内脏和肉筋时,先用水煮过,去腥臭味,然后下酱油、米酒、水,慢慢炖;炖完了,一片酥烂。

我对付大猪蹄,也是处理完毛,煎一煎,就和黄豆搁一起,不放盐,慢慢炖,一整天下来,皮脱肉烂,拿筷子一划拉就四分五裂,整块精肉从肥肉里滑出来;就拌点儿重庆用来吃豆花的酱,就着肥瘦相间的蹄子吃;临了原汤化原食,喝汤,鲜得很适口,没有那种喝了一口,要喝下一口得蓄一会儿气力的侵略性,就很温淡的鲜。

先前说了,法国超市的鸡不好吃,但亚洲超市有卖三黄鸡和老母鸡,不如法国超市的鸡肥,但至少熬得出汤。我妈炖鸡汤好,我从小吃,我妈逢人就说:"张佳玮从小到大吃掉了一整个养鸡场。"我外婆家桥旁,真有个养鸡场,每次去,我妈都指:"那养鸡场就是被你吃掉的。"我小时候还信以为真,觉得自己亏欠了那些鸡……

我去国离乡时,我妈还千叮咛万嘱咐,特意把炖鸡的秘诀录成微信语音,让我随时听。我就在华人超市里,买收拾好的鸡。回家,剪掉鸡屁股,冷水煮起,去血沫;去完了,加姜和葱,煮到沸腾,下酒,大煮十分钟,沫子撇掉,就文火熬,到临出锅时放盐。我没用黄酒,改下了葡萄酒,刚下锅时闻着味很怪,我怕鸡汤出来都酸甜了,可怎么吃?!好在煮完了,还是香。鸡汤的鲜香,锅盖闷不住,满房间都是,馥郁浓重,直灌鼻子。若闻到了,就说:"鸡味太重了!开窗开窗!"

我因为懒,都不肯斩开鸡。周末午后把鸡炖上,就不管了。黄昏时分,等鸡炖烂了才上桌,汤清澄微黄,泛着油——完全没有油的鸡汤可能比较健康,但没那么香——筷子一横,鸡肉丝缕分开,就着吃。吃到最后,鸡只剩骨头了,捞出来;鸡汤且放着;到半夜,把剩饭在鸡汤里略一煮,成汤泡饭,下豆腐干切片、小青菜,煮完了,都好吃。

从头到尾都没秘诀,就是花时间。

世上有了姜、葱、蒜、盐、酱油、酒、醋、麻油、味霖、奶油、鲣节、山葵、豆瓣酱、豆豉、茶叶、紫苏、干酪、辣椒、花椒等让食物点石成金的东西,可以让一切食物改头换面,但到最后,所有调味料和食材都无法取代的,还是花了时间,好好做出来的,最俗气的肉。

红烧的甜

无锡人吃面食,分汤的和拌的。拌是红酱,汤则分白汤与红汤——白汤是清汤,取其鲜;红汤是清汤加酱油,味道浓一点。

哪位会问了:拌的红酱和红汤,似乎有类似之处?——不一样。

我们故乡的人,白汤、红汤和红酱,分得很细。无锡著名的无锡排骨,外地人吃起来觉得甜,无锡人自己吃得自得其乐。狮子头,在淮扬讲究细切粗斩,好肉不用酱油,自然香;在无锡则多红烧;肉酿油面筋,也要塞了肉才吃得香。

无锡百姓吃过年菜,一般有一锅鸡汤、一大碗蹄髈,是为压轴攒底,镇山之宝。但这一红一白,不能混淆。如果谁用刚舀过蹄髈、蘸着红酱的勺子,径自伸进鸡汤里,容易遭到满桌公愤:红汤浓甜,浓油赤酱;白汤清鲜,清可见底。怎么能混淆呢?!红里裹白失了浓甜,白里落红就污了清鲜。

大概您到重庆去吃鸳鸯锅,把红白汤一兑,也能引起类似的愤怒。

汤与拌应用到面食上,白汤面宜细窄,吃个清爽,吸溜溜;红拌面宜粗宽,吃个浓甜,呼噜噜。老一辈人说吃白汤面主要吃个汤,吃红拌面主要吃个面。真正好面的味道,得吃拌面才吃得出来。

我有位河北同学,也有此执念。当日请我家里吃,有好羊肉好葱在,"煮汤面可惜了,我给你打个羊肉卤面!"

无锡人惯吃馄饨与小笼包。小笼包个头大,大过淮扬汤包;肉头厚,厚过上海南翔小笼;卤汁红甜,吃一两个就能黏住嘴。馄饨,好的用猪肉虾仁,一般的用猪肉虾米,汤照例要鲜,酌加豆腐干丝与紫菜提味。

无锡人惯例先吃汤包,趁热吃罢,吃得甜黏了,再吃馄饨,喝汤。但这么做有个坏处:汤包味道太浓了,先汤包后馄饨,用在法国菜里,好比先喝了餐后苏玳甜酒,再喝白葡萄酒——味道有些乱了。

所以上年纪口重的人,要小笼包和馄饨时,要吩咐一声,"小笼包——再馄饨——馄饨要白汤辣!"拿点辣味,才能撩拨起味道嘛。

但我外婆倒是例外：她当年在时，总是"小笼包，拌馄饨！"拌馄饨者，红酱馄饨也。端上来是煮好的馄饨搁在红酱里，需自己拌来入味，吃口很是浓甜。店家另附一小碗浮葱叶的清汤，用来润口。

我也试过随我外婆这么吃，终究不太行——小笼包已经很浓甜了，再吃碗红酱浓甜的馄饨，再喝清汤也缓不过来。我也问外婆，嫌味道不够，可以吃红汤馄饨嘛，我外婆摇头，"不够劲！"

可是我外婆自己做红烧菜——红烧肉、红烧鳝鱼、红烧排骨、红烧肉酿面筋——却没有类似的执念，并不甜。反倒是继承了我外婆手艺的我妈，做红烧时，甜得厉害。做一锅红烧肉，飞水之后，水煮到透，下老抽上色，再下砂糖，熬得汁浓，红里泛亮了才罢。

我印象里，外婆只有给我做面饼时，下糖下得不遗余力——这个面饼，据说，她之前总做给我舅舅吃来着：

打两个鸡蛋，坠在碗里的面粉上，加水，拌，加点盐，加点糖。直到面、鸡蛋、盐、糖勾兑好了感情，像鸡蛋那样能流、能坠、能在碗里滑了，就洒一把葱。倒油在锅里，转一圈，起火。看着葱都沉没到面里头了，把面粉碗绕着圈倒进锅里，铺满锅底。一会儿，有一面煎微黄、有滋滋声、有面香了，她就把面翻个儿。两面都煎黄略黑、泛甜焦香时，她把饼起锅，再洒一点儿白糖。

很多年后，我自己开始做饭，需要跟我妈打听做菜诀窍时，闲闲提了句糖的事。

"外婆为啥喜欢吃拌馄饨？"

"因为只吃白汤，就一种味道；她又喜欢甜，那时候吃不到，所以要拌馄饨，加清汤，两种味道都吃得到。"

"外婆那么爱吃甜的呀？"

"那时候啊，外婆爱吃甜，还爱吃肥肉——你们现在都嫌弃肥肉不好吃，那时候么不太吃得到。"

"那么她自己做菜么又不放糖的。"

"老人家么，省，又做菜做习惯了，那时候糖很少，都留下来了，所以做菜也不甜。"

"糖留下来干什么？"

"偷偷摊面饼给我和你舅舅吃，还跟我们说：'我么老了，吃不着甜的了，也习惯了；你们还小，多吃点甜的，将来日子可以过得甜一点。'"

一个人吃饭

"麻辣烫，素的五毛，荤的一元。如果吃六串素的，不吃荤的，就可以省下三元钱——够一张地铁票了！"

2006年10月，若对我如是说。

那时若刚到上海来。她与我一起度过的第一个国庆长假，两人不知算计，稀里糊涂把钱花个精光。此后一个月，每天买早餐，都得满家里沙发底床脚捡硬币凑数。为了省地铁钱，逢她要坐地铁去长途车站回学校时，我自告奋勇，晃晃荡荡骑车，一路经过2006年秋天的落叶，载她去车站，好省些地铁钱。她也在寻思着各色开源节流之法，好让日子长治久安。

比如，开头这个法子。

她所说的麻辣烫，是我们小区街拐角一家麻辣烫——与重庆的麻辣烫，又自不同。

此事说来话长了。

川渝地区的火锅,锅底极厚。比如重庆火锅汤底,牛油汤滴在桌布上,须臾便凝结为蜡状,才算正宗;成都火锅,汤底也放牛油,但正经火锅店,讲究底料丰富庞杂,久熬才香。是为与重庆的区别。

但无论川渝,除非食客有铜喉铁胃,轻易不敢喝火锅汤:味道太重了。

如果汤清淡些,下锅烫完,起锅再吃的:那是冒菜。冒菜是可以连汤吃的。

跟重庆人说麻辣烫,他们会理解为是重庆的串串——将串串搁在锅里,烫完捞起来吃。粗看,可算是火锅的零碎版本。

中国东部各城市开的麻辣烫店,吃法是将食材处理成小块、下锅烫后捞起来放一碗吃,在我看来,这更接近于冒菜的加麻加辣版本。

汤不同,料也不同。

在重庆吃火锅,进门要来涮的四大金刚,基本是:鸭肠、黄喉、毛肚、郡花,还要问:"有没有脑花?有没有酥肉?"外地人听了,很容易瞠目不知所对。

在中国其他大城市吃所谓重庆麻辣烫,麻花、酥肉、郡花之类会少一些,而代之以牛肉、毛肚、土豆、藕片,以及各类蔬菜——还是很像冒菜。

——我们吃的,就是这么一家很像冒菜的普通麻辣烫。食材搁在玻璃柜里,没有脑花、酥肉,只有土豆、藕片、平菇、粉丝这些家常菜。

店堂暗淡,后厨一个徒弟负责收拾食材;老板黝黑,前台收账;不结账时,就叉手站在锅旁,看着那几个大笊篱里的食材,仿佛琢磨药剂反应的巫师。

算着时辰,舀起料来,倾在盆里;下葱蒜辣椒,一勺汤哗啦下去,香味被烫得跳将起来;食材们忽然活了,能鲜龙活跳地钻喉咙、下肠胃,肚里一片暖了。

那个冬天,我和若就吃这家。我先担心她不习惯:毕竟刚离家的女孩子,每天吃苍蝇馆子不合适。若却很欣赏这老板。

"辣椒和花椒挺好,汤也地道!"

我们偶或去得早——麻辣烫毕竟是宵夜居多,我们却是晚饭点便去——看老板一个人熬汤:他的徒弟到开店时候才来,也没有帮手。就低头弯腰,黑发藏银针,大勺搅着锅里牛骨的分量。偶尔抬头看见我们,嘴角一咧,满脸皱纹都刷啦啦抖开了：

"来啦？"

秋天过去，之后冬去春来，穷日子过去了，宽裕些了，我们还是爱来这里吃。简单、随意、人少——店堂太暗了，没几个人乐意坐下吃，都是打包走。我们得以躲在店堂深处，昏黄灯光下坐等。那时我们宽裕些，吃得起荤菜了，但还是爱吃这家的涮素菜。

在别的馆子吃煮炖的蔬菜，总觉得不够味。"近来要补充些蔬菜了！"就跑去麻辣烫馆，多拿两串空心菜。

老板端着两碗麻辣烫进幽暗室内给我们时，偶尔还评点几句：

"近来好多荤的哦！"

"吃这么多鹌鹑蛋哦！"

2008年夏天，我陪若回重庆，因为没有确定名分，所以她回她家住，我自己在外头住酒店，这么过了三天。

每天晚上，我独自在坡边，要一个锅独自吃：岔腿对着一个锅，下串串，喝啤酒，喝完一瓶再要一瓶。我曾一个人吃了五十三串，两瓶啤酒——鲜香猛辣，直吃得嘴里一片噼里啪啦，许多辣像烟花般烫舌，满嘴的香。但最后数串串又数啤酒瓶结账时，才觉出寂寞来。

数完串串结完账，一个人沿着山路下坡回家时，因为喝多了，走得步子松泛，想唱歌，唱了半句，就觉得自己像醉汉一样，还是算了。如果身边有人，走着唱唱歌就不会那么突兀。

回酒店睡下。第二天早上，去酒店餐厅吃自助早餐时，要跟服务生再三确认"这一桌是要咖啡，另外，我去上个洗手间，请不要收走盘子"——商务酒店的早餐经常是好几个人一起吃的，一个人一桌就少些。一个人吃早饭，都不敢端超过两个盘子的，不然就会显得特别寂寞。

习惯了两个人吃饭后，很容易就觉得一个人吃饭太冷清。然后，就稀里糊涂起来。

那会儿，我很怀念在上海吃到的，不太正宗的麻辣烫。

2009年2月，若回重庆过年。我独自留在上海，发烧，生了两天病，靠家里的存粮过活。过一周，好差不多了，还留着点病影子。

我到麻辣烫铺去,点菜坐了。

老板看看我:"一个人来了?"

"啊。"

"感冒啦?"

"啊。"

给我的那碗麻辣烫,老板没加辣椒和花椒,葱姜蒜却下了不少。端来给我时,我吃了一口,热辣辣的,直梗脖子。老板没走开,就语带感慨地,对我道:

"一个人吃饭,更加要好好地吃;吃好睡好,没有过不下去的事!"

——待一个月后,我和若再去他那里吃麻辣烫时,老板愣了愣:

"两个人来了哦!"

——我猜他那时,心里一定觉得浪费了感情:"原来没分手哦……"

2016年10月某个黄昏。我回上海,坐车经过那家店,扫了一眼。店堂敞亮了许多,多了几个衣服干净的帮手,装食材的也从柜子变成了冰柜。

那天我过得急,没来得及再坐进去,容老板"托"一声,将盆放在我面前。只是看他独自叉手站在锅旁,看着那几个大笊篱里的食材,仿佛琢磨药剂反应的巫师,还是会想到那句话。

"一个人吃饭,更加要好好地吃;吃好睡好,没有过不下去的事!"

怎样才算是尊重食物呢？

巴黎圣母院斜对面圣雅克街 23 号，有家卖红油抄手、重庆小面、钟水饺的店，老板娘偶尔兴起，也做刈包。

一天中午，去吃小面、抄手，外加一小碟钟水饺。我是猪八戒脾气，囫囵吞枣吃得快。

老板娘去厨房一转，捧了个小碗出来，出来看我吃完了，"糟糕，我刚才给你的调料里少了一种酱汁！"看我已经吃完了，跌足摇头。结账时，她收了小面和抄手的钱，但死不肯收水饺的钱。"这味道都不对的了！不能收钱！"

我一再说味道已经很好了，"你看我狼吞虎咽的！"

老板娘摇头，"本来可以更好吃的！——一个川味小吃，调味不正宗，那就是不能收钱的！！这是原则问题！"

巴黎的意大利广场 Place d'Italie（这地名有点怪，说来话长，不提）附近，有个川菜馆子。菜单上连中文带拼音，明白敞亮写着菜名：山城口水鸡、刀切白肉、夫妻肺片。

下面小字用法语,注明每道菜的食材:鸡腿肉、猪瘦五花肉、绿豆芽、牛心、牛肚、牛肉、牛舌、猪小排……

隔壁有个法国大叔叫了梅菜烧白,边吃边端详菜单。菜单写了猪肉和梅菜。梅菜,为了方便法国人理解,被翻译成法语"中国南方干酸菜 choucroute seche du sud chinois",而法国人理解的酸菜 choucroute,是德国酸菜猪手那种。

那位大叔吃得瞠目结舌,跟同桌的人说:

"这些菜名都是咒语。我不相信酸菜和猪肉是这味道!这一定是亚洲魔术!!"

巴黎七大附近,有个挺不错的馆子,做得很好的蛋糕卷——尤其是肉松抹茶蛋糕卷。配料上肉松写成了"盐腌干猪肉"。我亲见一个法国大叔盯着菜单发愣,叨叨咕咕,说盐腌干猪肉怎么可以配抹茶,怎么还能是甜点?吃了一口,两眼发直,"好吃啊!太神奇了这个!"

巴黎十三区商业中心后头,那年春天新开了个馆子,卖萝卜丝饼、小笼包、豆浆、豆腐脑。

于是超市采购之后,我常拖着购物车,走过去顺便吃一嘴。别的倒还罢了,萝卜丝饼很好——我们无锡人小时候吃的萝卜丝饼,小巧玲珑,萝卜擦丝与面和了,下油锅一炸,吃个酥脆。这家店——我们管老板娘叫二姐——萝卜丝饼大得像个汉堡包,里头是分量充足的萝卜丝,还可以另外加蛋。吃一个,加一杯豆浆,管一顿了。

去吃得多了,每次都能遇到事。

一次,邻桌一位先生带着个桌子高的小男孩。"坐!"男孩嗯嗯叽叽。那位先生用整个店堂都听得见的声音:"坐下!听到没!"男孩手扒着桌子嗯嗯叽叽。那位先生:"你只听你妈的,不听我的,对不对?你不坐就吃不到,你信不信?信不信??"

身材足以堵塞一条走廊的二姐,越过柜台飘过来,围裙像船帆似的,递给孩子一个芝麻团,摸摸头,抱起他放椅子上了。回头怼当爸的:

"椅子高,要孩子坐啊?你要抱他的呀!你这个腔调是要打仗啊?下最后通牒啊?你说得起劲,孩子听不听得懂啊?——菜单!"

菜单砸桌上了。

当爸的愣住了,缩小了,坐在孩子旁边拿菜单遮脸。

二姐一边飘回柜台里,一边用全店堂都听得见的声音说:

"现在什么人都能当爸爸了。"

我抬手:"二姐我要加个萝卜丝饼!"旁边的老爷子:"我要个豆腐花!"

一次,我坐着吃豆腐脑,等萝卜丝蛋饼。

斜对面一个小姑娘陪爸爸吃,两手抱着油条啃。爸爸一口上海腔,教孩子:"油条搭豆浆,好吃。"

二姐从柜台那里给我递了萝卜丝蛋饼:"刚炸好的,吃吧!"

小姑娘看见了,对爸爸说:"爸爸,你只吃油条,会不会腻?"

爸爸很高兴地说:"蛮好的,蛮好的。"

小姑娘接着说:"爸爸要不然你买个萝卜丝饼吃吧——我也跟着你吃一个。"

一次,二姐没在。她一个晚辈站柜台。我于是招呼:

"阿姐,要个萝卜丝饼。"

"萝卜丝饼还是萝卜丝蛋饼?萝卜丝蛋饼要比萝卜丝饼贵半欧元。"

"蛋饼。"

阿姐盯着那堆黄灿灿的饼发了会儿呆。"我分不清这里头有没有加蛋。"

"？？？"

"我之前都弄豆花的，我阿姨才懂看这个，饼是她弄的。"

于是她给了我个饼："你就付不带蛋的钱吧。你是老熟人，老在我家吃了。"

我吃了一口："嗯，阿姐，这个里头有蛋。"

"是不是有种抽到奖的感觉啊哈哈哈？"

所谓对食物的尊重与敬畏，应该是吃麻团时，珍惜每一粒芝麻的脆感，感受和面的柔韧，欣赏每一口甜馅的调味；吃萝卜丝饼时，通过焦脆的咀嚼感受油炸的火候，品味萝卜丝被擦得恰到好处的粗细以获得爽快又略带粗粝的口感；喝豆浆时，用舌头承载豆浆的酒体哦不对浆体的浓稠度，咽下后呼吸让口腔感受无糖的豆香。

好好地吃，用心地吃啊。

吃外卖

据说宋朝时，中国人普遍由一日两餐变三餐。吃得多了，老百姓赶不及下厨，像都城汴梁这样繁华风雅的所在，就流行宵夜外卖。叫了宵夜，熟悉的店铺就拿食盒、掌灯笼，穿街过巷送来，杯盘俱备；如果再熟一点，餐具和食盒——许多都是银器——都能留在府上过夜，白天再来拿。

我听朋友说，四川担担面，最初也是类似的做派：货郎挑担子，一头搁着锅，一头备着汤、佐料、面和肉臊子，夜间走街串巷；哪家太太们打麻将到后半夜，饿了，出门叫一声，当场煮面，下肉臊子和佐料，热腾腾端进去。好吃不好吃另说，这场面听着便馋煞人。

吃外卖这件事，很容易让人上瘾。比如中夜要吃东西，念头一闪，想到要下厨起火、备饭煮菜，就懒得动弹；要披衣起身，摸黑出门找馆子，更想算了；赶上冬天，霜雪横飞，就会告诫自己"晚上吃东西多不健康啊，不要啦"。

可是叫外卖，那就毫无劳动成本：身不需动，腿不需抬，只需打个电话,等一会儿,寒夜叩门声传来,一开,吃的东西就来啦!——谁能抵抗这点诱惑呢?

我在上海时,出去吃馆子,吃得好了,就会得寸进尺地问:

"有外卖送吗?"

北京办奥运会那年,有个南京阿姨,带着女儿女婿,在小区对面街角开了个小门面,卖鸭血粉丝汤、汤包和三丁烧卖,只限白天。晚上铺子归另一家,换几张桌子,摆成小火锅店。

秋冬天去吃粉丝汤时,常能见满店白汽,细看,都是阿姨在给一个个碗里斟鸭汤。鸭血放得料足,鸭肠处理得鲜脆,鸭汤鲜浓,上桌前还会问:"要不要搁香菜?"——香菜这东西有人恨有人爱,爱的人闻见香菜味才觉得是吃饭,恨的人看了汤里泡的香菜如见蜈蚣,是得问清楚。

她家的汤包,皮很薄,除了一个包子收口的尖儿,看上去就是一叠面皮,趴在盘里,漾着一包汁;咬破皮后,汤入口很鲜,吃多了不渴,肉馅小而精,耐嚼;整个汤包很小巧,汤鲜淡,跟无锡的做法不一样。我问阿姨,说是老家做法;老家在哪儿?南京、淮安、南通,跑了好几个地方呢……

三丁烧卖,其实就是糯米烧卖,里面加豆腐干丁、笋丁和肉丁,糯米是用酱油加葱红焖过的。

这两样主食都顶饱,配热鸭血汤,吃完肠胃滚热,心直跳。

这家刚开店时,不送外卖,因为老板娘管账备汤,女儿跑堂杂役,女婿预备汤包和饺子,只应付得来店里。开了半年,雇了个学徒帮着照应店里,老板娘女儿——因为跟她妈妈长得一模一样,我们叫她小老板娘——就骑着辆小摩托,给街坊送外卖了。

有位邻居边喝汤边问:"这店铺,有老板娘,有小老板娘,有小老板娘男人,老板在哪儿?"

小老板娘简短地说:"在南京。"老板娘接过嘴,恶狠狠地用南京腔说:"没老板!死掉了!"

我在家附近购物时,看见一个湖北馆子,门面貌不惊人,只门楣上"热干面"三个字触了我情肠——我在武汉户部巷吃过两次热干面——于是推门进去。店堂不大,略暗,老板和桌椅一样方正,色蜡黄,泛油光。

但菜上桌后,才觉得人不可貌相。

热干面,煮得很像样子,面筋道,舌头能觉出芝麻酱的粗粝颗粒感,很香。

豆皮，炸得很周正，豆皮香脆，糯米柔软，油不重，豆皮里除了常见的笋丁、肉粒和榨菜，甚至还有小虾肉碎，咬上去脆得"刺"一声，口感纷呈，老板说是"为了上海客人爱吃，特意加的"。

一个吊锅豆腐，用腊肉烩豆腐干，豆腐先炸过，表面略脆，再烩入了腊肉风味，汁浓香溢。

吃完结账，老板也不好意思似的："店里环境是不好，不过我们有外卖！"就给了我一张名片，指指电话号码。

以后我打电话叫外卖，有时会这样：

"今天要一个豆皮、一份热干面……还有什么？"

"有糍粑鱼、粉蒸肉、吊锅豆腐、玉米汤、武昌鱼、辣子炒肉……"

"那要一个粉蒸肉、一个吊锅豆腐、一个玉米汤……"

老板便打断我："这么多，你们两个人吃不掉！听我的，一个粉蒸肉就可以了，我再给你配一个。"

"好。"

送来了，老板隔着袋子指：

"这盒里是粉蒸肉，这盒里是豆皮，这盒里是热干面……这瓶是绿豆浆。"

"绿豆浆？"

"嗯,我自己弄给自己喝的,很清火!很好喝的!"

"你菜单上没见过这个啊。"

"嗯,我自己做来喝的。还有这盒里是洪山菜薹,我给你炒了下。"

"这个你菜单里也没有。"

"没法供,这个是我老婆从武汉带过来,我们自己吃的。要卖,一天就卖完了。"

"那怎么算钱呢?"

"这两个算我送的。"

入夜之后,小区右手边的丁字路口,会停住一辆大三轮车,车上载着炉灶、煤气罐、锅铲和各类小菜。推车的大叔把车一停,把火一生;大妈把车上的折叠桌椅一拆开,摆平,就是一处大排档了。

你去吃,叫一瓶啤酒,扬声问大叔:"有什么?"

大叔年纪已长,头发黑里带白,如墨里藏针,但钢筋铁骨,中气充沛,就在锅铲飞动声里吼一声:"宫保鸡丁!蛋炒饭!炒河粉!韭黄鸡蛋!椒盐排条!"

"那来个宫保鸡丁!"

"好!"

须臾,大妈端菜上桌,油放得重,炒得地道,中夜时分,喷香扑鼻;如果能吃辣,喝一声"加辣椒",老板就撒一把辣子下去,炒得轰轰烈烈,味道直冲鼻子,喝啤酒的诸位此起彼伏打喷嚏,打完了抹鼻子:

"这辣劲儿!"

吃完了,都是满额汗水,就抬手擦擦,问:"大妈,你们有外卖没有?"

大妈摇摇头:"没有啊!忙不过来!"

——于是,你要吃这大排档,只能半夜出来。有时生意太好,你得买了回家;要在那儿吃也行,自己带张报纸,垫在马路牙子上,捧着饭盒吃。

——老板做菜,手艺有点儿机械。几样招牌菜千锤百炼,都做得好吃;但如果有人提过分要求,比如,"老板,韭黄炒鸡丁!"老板就皱起眉来,满脸不耐,最后粗声大嗓地说:

"那样炒没法吃!"

后来因为世博会来了,整治市容,这个三轮车大排档隐匿了一整个夏天。街坊们丧魂落魄,到晚上尤其无聊,连小卖部老板都抱怨啤酒卖得少了。

三轮车大叔手艺也不那么独到,说来他的做法无非是大油大火、猛料重味,吃个痛快,家常也能做;但主妇们不乐意:"吃这么油,孩子怎么办?做饭可不单为你一个人。"

于是乘凉时,众街坊食不甘味地坐一起发牢骚。水果店大叔边拨弄自己的猫,边摇头:

"让我们少吃油盐,说是活得长;可是不吃油盐,活得长有什么乐子嘛!"

转过两个季节,要过年了。街角卖炒栗子的老板换了地方,开年换到别处经营,铺位被新人承了。开店那天,来了辆三轮车,到地方,一个头发墨里藏针的身影,把煤气罐、炉灶一一摆在地上;街坊们看直了眼:三轮车大叔回来了,还有大妈,外加儿子儿媳。大家奔走相告:

"租了店面了!不走了!"

大叔照样管炒,偶尔儿子接手;大妈管账;儿媳与儿子轮流跑堂和骑三轮车送外卖。乍开店的那几天,赶上年下,生意大好,大叔经常边炒边接电话。经常打电话去,"哎,我要一个……"

"宫保鸡丁和蛋炒饭是吧!"

"对,对!"

"好,挂了!"

每逢这时,我就知道,大叔正忙得热火朝天,嗓子都哑了。

那是 2011 年 1 月的事。若回重庆过年去了,我独自留在上海,预备到年下再回无锡。这天上午,给街角南京阿姨鸭血汤家打电话,接电话的是小老板娘。

"啊,你呀,两碗鸭血汤、一笼汤包、一笼烧卖,加辣加香菜是吧?"

"一碗鸭血汤就好,不加辣。"我说。

"啊,你女朋友不在呀?"

"回家过年啦。"

"好好,一会儿到!"

一会儿,门铃响。我去开门,见一位陌生大叔,穿一件像是制服的蓝外套,略驼背,一手提着冒热气的外卖,一手就嘴呵着气。看见我,问:

"一碗鸭血汤、一笼汤包、一笼烧卖,加香菜不加辣对吧?"南京腔。

"是。"

结完钱,大叔看看我,微微弯腰,低了一下头:

"谢谢您啊,一直照顾我们家生意。"

"噢,你们家生意,嗯……"我想了想,忽然觉得自己明白了,就问:

"您是从南京来的吧？"

"刚来，刚来。"

"都还好吧？"

"现在算是好了！好了！"他很宽慰似的说。

我到现在也没想明白"现在算是好了"是什么意思，但想他那时的笑容，似乎是真的"现在好了"。

我买的火车票是年三十的黄昏时分。那天上午，事都忙完了，我在街上溜达，意外看见三轮车大叔家的儿子，载着一整三轮车的盒饭，给西瓜店、羊绒店、CD店、报亭老板、小学传达室看门大叔一一送去。我有些愣，招招手。

"你们白天也送啊？"

"我爸说，过年大家都回去了，但大家还要吃饭的；我们就送今天一天。"

"你们回家去过年吗？"

"我们把家安这里了，就在这里过年。"

那天中午，满街都是三轮车大叔大油重料的韭黄鸡蛋、宫保鸡丁、炒河粉、蛋炒饭味道。街两旁商铺不回家的老板们，搬张椅子，一条道坐在街旁，跷着二郎腿，吃得稀里呼噜声一片。我都看馋了，就溜达到丁字路口，看大叔使大铲在大锅里，乒乒乓乓，炒得山响。我放大嗓子喊一声：

"大叔，要一个……"

"宫保鸡丁和蛋炒饭是吧！我知道！"

"好！"

2012年秋天，我离开上海，到了巴黎。巴黎也有外卖，但基本限于汉堡和比萨之类，而且到晚上还服务的，实难见到——慢慢流行起各种其他外卖，是后来几年的事了。

2013年夏天，我回上海，为了方便起见，在离原住处甚近的酒店订了房间。到晚上，我和若都饿起来了。

"去吃饭吧。"

"不知道店还开着没。"

"打电话去问问呀！"

这才想起，手机里还有个存了一年没拨的外卖号码。

我拨了湖北馆子的电话，电话响了两下，被接起来了。

"现在还开店吗？"我问。

"开的。"

"那要一个豆皮，一个热干面，一个粉蒸肉，一个糍粑鱼，我一会儿就到，菜先炒着吧。"

"好。"对面应了一声，隔了一会儿，很温和地补了一句：

"回来啦？"

"是，回来啦。"

蛋炒饭

逯耀东先生考证说,蛋炒饭的发明者是杨素先生——就是那位隋朝大将、养了红拂女、器重李靖、在王小波小说里骑着大象的数学家——当然,那会儿这东西叫碎金饭。杨先生位高权重,文韬武略,诗歌风格像曹操,美食上也很有心得。

有些地方,蛋炒饭叫木须饭,按字来说,该是木樨饭。木樨是桂花的意思。传说旧北京时有些太监,因为做了手术,最避讳人说鸡蛋二字。所以,馆子里饭菜用到鸡蛋,都讳称一声,说是桂花,以避免哪位公公听得不高兴,触动了情肠。比如著名的"桂花皮炸",其实就是猪皮浇了蛋液来炸。

唐鲁孙先生写过,以前他自家雇厨子,三道考题:先拿鸡汤试厨子的文火。再拿青椒炒肉丝试厨子的武人菜。最后一碗蛋炒饭,试人是否有大手笔。要把蛋炒饭炒到乒乓响、葱花爆焦、饭粒要爽松不腻。他又说,炒饭要弄散了炒,鸡蛋要另外炒好,不能金包银。因为饭粒裹了鸡蛋,胃弱的人不好消化——这点我不太同意。

蛋块和饭分开炒，比较容易控制火候，但不均匀。用勺子吃时，一勺饭，一块蛋，像在吃油炒饭和炒鸡蛋拌起来的产物。蛋炒饭的好处，是鸡蛋、油和葱花。鸡蛋那么全能，加油就香，加盐就咸，加点葱花煸炒，味道就出来了，还要特意和饭分开，好像结了婚还得守之以礼分床睡，多可惜。

古龙《白玉老虎》里，写唐玉杀完人，炒一大锅饭来吃。一锅饭他用了半斤猪油，十个鸡蛋。看着很油腻，但估计很好吃。

古龙又在另一个小说里写，有个老妈骂孩子们："有油饽饽吃还不满意，想吃油煎饼，等死鬼老子发财了吧！"

两个孩子哭着说："发了财我就不吃油煎饼了，我就要吃蛋炒饭！"

我猜古龙自己，一定很喜欢吃蛋炒饭。

黄豆炖猪脚

出好黄豆的地方,豆腐和酱油也一定很好。好黄豆能点出很好的豆腐来,好豆腐未必是雪白的,大多是奶油黄,很香;老法做酱油,是黄豆掺了炒小麦或其他当地谷物,混合发酵,加盐水,慢慢熟成——这两样都用得着好黄豆。

黄豆年轻时是毛豆,炒吃很脆,也可以连豆皮水煮——我故乡叫作"炝毛豆";老了就是黄豆,便韧了,便耐嚼,配笋丝下粥,咯嘣咯嘣的。老人家不爱让女孩吃这个,嫌吃起来声音大,不斯文,而且众所周知,吃黄豆后患无穷,很容易气味不好。

而黄豆拿来炖猪脚,就很相宜。黄豆炖软了酥烂,又不像豆瓣酥似的,筷子都可能夹不起来。黄豆炖过,去了老而弥辣的韧性火劲,很温和。连带猪脚也服帖了。

吃猪脚须带肉皮,韧而肥,香而烂。许多姑娘为了身材,忌吃脂肪,唯见了猪脚,两眼放光,认为富含胶原蛋白,可护肤弥补时光流逝。大概鸡爪、鹅掌等都有这般好处:胶质丰足，入味耐嚼。所以猪脚割开了炖，显得斯文点。猪脚和黄豆单个拿出来，都是水泊梁山菜；在一起炖了，就温和富贵，让孕妇孩子喝都行了。

猪脚炖黄豆，如果有汤，则极肥腴，鲜甜好喝，又不失浓郁，只不可晾凉，不然像糨糊，吃完得抹嘴，不然嘴上会长蜘蛛网。所谓浓情厚意化不开，吃时多缠绵黏腻，擦时多费劲巴力。

吃黄豆猪脚，免不得遇到猪脚上有猪毛未净。猪毛疏些，当没看见，吃了便罢；密些，一闭眼也就吃了，边吃边念叨：腿毛长的身体好，腿毛长的身体好……

我们这里有店，专卖菜饭和猪脚黄豆汤。邻桌吃的正是猪脚黄豆汤，小心翼翼，使筷子如动手术刀，黄豆也不吃，猪脚则小心翼翼剔了肉皮，净吃里面一丝丝精肉，看着都让人牙根发酸。

我于是问我爸："再来一碗汤？"

"好！"一拍桌子，"再来碗汤！"引得四座观看。

然后我俩把新上的一碗黄豆猪脚汤稀里哗啦吃干，猪脚啃到只剩骨头，满桌狼藉，这才心头大畅，边使劲擦嘴（嘴黏到张不开），边豪气干云地打饱嗝。后来回去免不了肠胃异动，要被我妈数落，但当时吃得煞是痛快。

我妈最初在纺织厂工作，性子好强，先后换到皮革厂、制衣公司、工业园，后来干脆自己单独开门面去，一路都好强。四十多岁了，还控制着饮食，也打扮着。她很紧张自己的皮肤。

我大着胆子跟她说，瘦和好皮肤是鱼与熊掌，颇难兼得，她不甚听。所以那时节，胶原蛋白之类的口服营养品，她也吃，吃完就揽镜自照，自觉容光焕发、精干美貌了。

后来我外婆病了，我妈一路送走了她。我外婆是常州人，好吃猪脚炖黄豆配菜饭。他们那里，正宗的菜饭需要把米饭、切碎的青菜、咸肉，一起焖透，出锅后郁郁菲菲，松软香糯，再配一碗猪脚黄豆汤，就有"这可到了家"之感。等我外婆到了"该吃点什么就吃点什么"的时候，我妈便常做这道菜给她吃，我外婆吃了便觉得安慰。这道菜其实大违我妈妈的本性。用我妈的话说，"很油"；且需要花许多时间，不是她急性子的人能吃的。

但为了外婆，我妈还是做了，做完后也陪我外婆吃几碗。

后来我外婆过世了，我妈年纪也近了五十，便开始吃许多软黏肥厚、鲜浓可口的猪脚炖黄豆，忽然就想开了似的。

从那以后,我妈就变了个人。打扮少了,养了一条狗,心情也好了。营养品不吃了,倒时常吃粗粮饭、猪脚黄豆汤,吃得红光满面之余,腰围也松开皮带似的飞速涨了起来。两三年时间,她从一个精干紧张的女精英,变成了个随和自在的半老阿姨。胖了,也宽和了。

臭美的毛病并没怎么变,依然时不时念叨:

"你喝这汤,吃这肉皮,对皮肤好。你看我,皮肤多好!这都是胶原蛋白!"我只要点头承认是好,她就卖弄心得:

"最重要的是健康。你看我以前,化妆,又不吃饭,皮肤就差。现在就是,心宽体胖……"

"妈,这是我以前跟你说的……"

"我知道我知道,这不是再跟你说两句嘛……"

馄 饨

《水浒传》里，宋江误上贼船，被张横问要"吃板刀面还是吃馄饨"。张横服务态度好，还细加解释：板刀面就是挨刀子，馄饨就是自家跳水，省了老爷一刀。虽显黑色幽默，却委实生动如绘。

在大城市吃各色连锁店馄饨，馄饨馅儿兼容并包，无所不有：猪肉白菜、鲜虾韭黄、腐皮鸡蛋、茴香油条，甚至栗子鸡肉、鸭血笋丁，都能包。《金瓶梅》里西门庆叫拿肉鲊拆上几丝鸡肉，加上酸笋韭菜做碗馄饨汤，差不多这个意思。

小馄饨似乎哪个地方都有，讲究在汤与皮，馅儿只是一抹肉而已。汤鲜，皮滑，一碗里飘荡，滋溜儿一口下去了。老北京大酒缸里喝醉了，就要碗小馄饨，喝了解酒；江南这里澡堂子里洗饿了，要伙计去叫碗小馄饨，喝个肚饱暖，睡一下午。以前老上海还有：晚上馄饨挑子过，楼上放下一个篮子，篮里放钱；馄饨挑子就将一碗馄饨放进篮里，提上去当宵夜。

四川抄手的皮薄而滑，汤底酱料则花样更多，可以清汤可以红油，个性从容得多。抄手馅儿常是肉混鸡蛋，不务劲弹，但香软倍增。吃抄手好在流畅顺滑，馅软而鲜，与皮与汤一起滑下肚去，很容易像猪八戒吃人参果，来不及品滋味。所以抄手更像是小吃，又仿佛江浙的拌馄饨，红油香辣，相得益彰，呼噜呼噜就下去一碟。

广东云吞，皮极薄，有美人肌肤吹弹得破的风度。云吞上桌，活脱脱是一颗圆馅裹一层白裙。云吞的汤常用大的鱼熬，香浓清美。鲜汤薄皮，薄如片纸，所以云吞的汤与皮经常呈波光粼粼流动状。吃了云吞，被虾馅在口里弹牙跳舌一番，皮与汤一起落花流水下肚。

又广东人喜欢云吞面，竹升面的韧劲爽衬着，与云吞之弹与滑相得益彰，很好。

无锡的馄饨，却又不同。若是汤馄饨，馅料大多逃不出猪肉、榨菜、河虾（没有河虾者，改用虾干，吴语叫做开洋）、蔬菜、葱姜这几样的排列组合。猪肉膏腴，虾肉清滑，蔬菜、榨菜丁加点丝缕颗粒的细密口感，煮熟后隔着半透明的皮，呼之欲出，求的是个口感浑成又紧致。

在我故乡无锡，馄饨常配小笼汤包一起卖，仿佛天然搭配。每个小区周围，必有一馄饨店，好的汤底用鸡汤、骨头汤，另加蛋皮丝、干丝。好汤煮得皮鲜，一口下去，馅鲜皮润汤浓交相辉映，各得其所。如果家常吃，惯例是包菜肉大馄饨，清汤煮吃。

不晓得为什么，在无锡，店里的虾肉汤馄饨、家里的菜肉大馄饨，两不犯冲，泾渭分明。有店会卖菜肉馄饨，却鲜有家庭包虾肉馄饨的，大概觉得去店里吃太方便，不用特意在家里做吧。

我家以前去菜场的路上，有片花圃，左五金店右报刊亭，面对着派出所，种四棵芭蕉，落影森长，夏天很凉快。常有个老阿婆，午后出来，坐芭蕉影里，卖自己包的生馄饨，还带一个盆（装馅，有根木勺拌馅用）、一个匾（装皮子和包好的馄饨），边卖边包，边听半导体收音机。

老阿婆卖的是自家裹的菜肉大馄饨，菜肉拌得停当，用蒜水、姜末、蛋液和好了，皮子也和得好、折得妥当，有角有边的，很好看。生馄饨拿回去一煮，滑软香浓，很好吃。

哪个阿姨被家里人闹得"最烦上菜场，又不知道今天吃什么了"，就来这里买三两馄饨，回去下个半斤，可以抵全家一顿饭；剩下的馄饨，翌日早上油煎过，金黄香脆，又能下稀饭。如此买次馄饨，两顿饭都不用担心了。

老阿婆人慈和，有阿姨大叔们嫌孩子闹腾，让孩子们"站这儿，陪阿婆玩"，自己去菜场，她也会笑眯眯接过了；孩子们玩馄饨皮、拿木勺扒拉馅，她也笑眯眯的。如此，大得人心，生意火爆。老阿婆经常两三点出来，四点半馄饨就卖完了。我们那一带，家里的孩子再不会做家务，也懂得拿几元钱，接个盆，被爸妈吩咐句：

"去，去买阿婆馄饨！"

连其他馄饨店老板，有时都提个锅子出门来买她的——如前所述，菜肉馄饨跟肉馅馄饨、汤包各成一家，不忤行。老板们也用一副行内人的口吻，赞赏她的馄饨料细，下得了心。

我妈去闲聊过，老阿婆家里儿子、媳妇都不错，就是上班忙。老人自己在家里，边听收音机边包馄饨，然后带出来卖卖，晒晒太阳，看看小孩儿，以解寂寞。到后来，简直不只是卖馄饨，还兼带看小孩儿了。老人特别爱孩子，看小孩儿围着她转，就满心欢喜。

据说当时有这么一回事：一个阿姨，把孩子搁在阿婆这里，又口头约好了"留半斤馄饨啊"，然后就自己去逛菜场了。等回来了，发现钱都使光了，那阿姨很不好意思。阿婆便劝解她，说无妨，就把半斤馄饨给了她："明天给我钱就行。"那阿姨大大过意不去，又看自己家孩子竟然调皮地爬到了阿婆的肩膀上，跟孙悟空似的，那阿姨面红耳赤的，觉得简直就没法做人了，赶紧把孩子喝下来，心思一转，想一直给阿婆添麻烦，这可不行，就说：

"阿婆要不嫌孩子吵，来，给阿婆跪一个，叫声干外婆！"

自此以后，大家都晓得了，于是纷纷让孩子认阿婆做干外婆。每次把孩子寄放在阿婆处，都追一句：

"哎，别惹外婆生气，知道吗？"

我家后来搬了，见这阿婆见得少了，倒是我爸的麻将搭子都还在原地，偶尔回去打牌，就牌桌上听了这茬儿：

原来五金店老板有段时候生意不好，看啥都不顺眼，觉得天上飞鸟地上走狗都惹他了。总嫌小孩儿围着阿婆馄饨铺，在他门口簇拥，心头不耐。于是趁某天午饭休息时，放下柜台生意，溜去五金店对面的派出所报案。

门口一看，四位值班民警都在桌前坐着呢，五金店老板就进去了，指天画地，唾沫四溅，说阿婆卖馄饨没有招牌、没有店铺、没有执照、占地经营，纯属违法，应该管一管，至少让她挪个地方——居然在派出所门前无证经营卖馄饨,太不像话了……

说得起劲时,忽然发现四位民警全都眼神古怪,直勾勾地看着他。

再一看,桌上有一碟麻油一碟醋,而四位民警人手一个搪瓷盆一把瓷勺,四把勺里有三把擎着咬了一口、菜绿肉香的阿婆馄饨……

肉夹馍

巴黎的每个地铁口,一年四季,都站着几个北非面孔的小伙子,穿着青黑色外套,偶尔摆弄面前一个烧烤架,把烤着的焦黄微黑的玉米、青椒、土豆和肉串们,转一转,调个个儿。

赶上入了冬,天黑得早,心情很容易岑寂,就没法抵抗这个:滋儿滋儿的声响,随烟一起腾燃的香味,拧着你的耳朵抓着你的鼻子,往那儿拽。你心里自然会一百遍地念叨"这玩意不太卫生吧,价格也不便宜",但架不住腿会被烤肉香缠住。

能跟这玩意打擂台的,大概也就剩 kebab 了。

我曾试图跟国内亲友解释何谓 kebab,最后也只好说:"嗨!法国肉夹馍!"

Kebab 全词是 Doner kebab，旋转烤肉。德国人比法国人吃得还欢。

据说早19世纪，土耳其的布尔萨有位哈茨·伊斯肯德·爱芬迪先生，在他的家庭日记里写道：他和他祖父觉得，羊肉摊平烤，已经不过瘾了，应该旋转起来烤，于是这玩意就应运而生：因为没有更早的记载了，一般认为，他老人家是旋转烤肉的发明者。

巴黎不像国内，入冬后还有纷呈的宵夜，kebab 大概算比较接近夜排档的存在了：有点不干不净的苍蝇馆子的味道。但食欲不管这个：越是原始的欲望，越让人没法伪装。越接地气的情欲和食欲，越是动人。

巴黎的 Kebab 馆一半幽暗残旧。想必老板也知道，进店诸位，不是冲着落地窗、私家甜品、现磨咖啡和茴香酒来的，所以也就免去俗套。

你去柜台，要一份 Kebab，老板就会问你：鸡肉、羊肉还是牛肉？蛋黄酱还是其他酱？配菜要沙拉还是米饭？——米饭是炒到半生半熟的小米饭，焦黄脆，西班牙人大概会爱吃。

正经一份Kebab，分量豪迈：盘子可以盛下一个篮球，配菜、薯条和烤肉三分天下。沙拉的气势仿佛国内的东北凉拌菜，生猛爽凉；薯条的质量普遍极佳，焦脆坚挺，兼而有之，立起来像火柴棍，折开时能听见撕纸般的声音，以及焦脆外壳下，一缕温暖的热气，吃到嘴里，有很纯正的土豆香。

当然，重点还是肉。

每家Kebab，都会在迎门当街人看得见的地方，放一个大烤炉，和一大串缓缓转动的肉。一脸的货真价实，顺便也是视觉刺激：没什么东西，比正挨着烤，慢慢泛起深色的肉，更惹人怜爱了。

你点好了单子，就看见老板手持一柄长尖刀，过去片肉，且烤且片，片满一大盆，就齐活了。法国的Kebab，烤牛肉和鸡肉居多，一般推荐蘸经典的白酱吃——酸乳加上蒜泥和香草，可以解腻。

我常见有饕餮者，看来是真爱吃肉，面包三两口就着沙拉咽了，然后，不胜怜惜地用叉子挑起肉来——肉被烤过，略干，外脆内韧，很经嚼，因为是片状，不大，容易咽——呼呼地吃，油光光的腮帮子，为了嚼肉，上下动荡，瞪着眼睛，脖子都红粗了，吃下去，咕嘟一口饮料，接着一叉子肉。

Kebab算街食中的廉价食物，所以女孩子们平常不喜欢：踞案大嚼的，粗豪大汉居多，但偶有例外。

某年圣诞节，我们去瑞士滑雪，连着吃了几天的瑞士奶酪锅、沙拉和煎鱼，不免口里淡出个鸟来。同行有位四川来的，平时最挑嘴不过、尝试在后院种豆苗解馋的姑娘，就提出："要去吃Kebab！"

我们笑说离了巴黎还特意找Kebab吃，简直岂有此理，她便嘟着嘴道："Kebab才有家的感觉嚜！"

在小镇离火车站不远处，真找到一家Kebab；端上来，烤肉塞在面包里，张大嘴咔嚓一口下去，大家一边顺嘴抹油，一边点头："这个肉真踏实！"

所以，您看，面和肉的组合，全世界都爱吃。

当然，回头想，和腊汁肉夹馍，还是不一样。

汉堡包、希腊口袋面包装烤肉、各色其他类似的，许多都有夹杂馅儿：除了肉，也加黄瓜洋葱、番茄芹菜。

中东许多地方流行加腌菜：觉得这样配肉吃，才不腻。

我以前也这么想，觉得这样吃，均衡有味，耐久。

直到被我一位西安朋友——说相声的,特别懂吃——批评了,说加各种东西的肉夹馍,都是邪道。

我回头去吃,才觉出来,肉夹馍,尤其是腊汁肉夹馍好。

我以前认为,夹肉的馍,就是一个面疙瘩,还怪这馍火候不对:哎师傅这个焦了吧!——师傅立时满脸晦气状,现在想,当时他们心里,不定怎么用贼泥马咒我呢。

后来被西安朋友上课:好馍馍要九成面粉加一成发酵的面粉,烤个"虎背花心儿"状,黑黄白参差斑斓,才酥才脆才香才嫩,才配得上腊汁肉;吃肉夹馍须得横持,才能吃出连脆带酥的鲜味,不辜负了好馍好肉汁。

一开始吃,当然总希望肉夹馍里,肉夹得越多越好。本来嘛,这类面粉夹馅,不都该这般吃么?肉夹馍嘛,最好是两片馍薄如纸,中间夹一厚墩汤水淋漓的肉,火车进隧道那样,整块进嗓子眼。

吃多了,慢慢熟了,才觉得馍是咚咚锣鼓,肉是哇哇唢呐,互相渗着搭着才好吃。

肉多了,头两口解馋,后面就觉得嘴巴寂寞,没声音噼啪就和,这才醒悟:得有馍,不然太寂寞。

单吃肉太腻了，何况是肥瘦相间的呢，得加料。有些店铺为了将就人，是肯放些香菜的。后来才觉得，口感驳杂不纯，肉汁也不膏腴了。

腊汁肉是个神物，鲜爽不腻，肥肉酥融韧鲜，瘦肉丝丝饱满。把馍一粘一连，肉汁上天下地，把馍都渗通透了，吃起来就觉得鲜味跟挤出来似的，越冒越多。

这就是腊汁肉夹馍和其他东西的区别了。

饼夹烤肉，各国都有；但烤的肉好在香脆，却大多难以入味，需要另蘸酱汁。

一般的肉包子，肉馅儿也很难调得那么地道。

最好吃的，不是肉，不是干馍，而是外面脆、内部却已被腊汁肉濡润了的馍，连带着醇厚浓郁的肉，这么一口下去。不梗嗓子，不会嫌干，没有乱七八糟的味儿，满嘴香浓。

别的面饼夹肉，都做不到腊汁肉夹馍这么精纯啊。

2006年秋天，那是我最穷的时候：若那年刚高考完到上海来，两人不知算计，稀里糊涂把钱花个精光。

到那年十一月，我等来了笔稿费，也不大敢大用。十一月中旬,她得回学校考试。临走前,我们先把她回学校的车票钱算罢,最后剩了些纸币,珍而重之地收着。那是周六午后,俩人没吃早饭,都饿了大半天,就用剩的钱,买了两个肉夹馍,人手一个,分着吃。

那是十一月的午间,阳光晴暖,两个不知道什么时候日子才能宽限些,决定就这样天不怕地不怕过穷日子的人,在丁字路口的马路牙子边,背靠背坐在消防栓上,边晒太阳,边欢天喜地,双手捧着,一口口吃得腮帮鼓起努着、满嘴是油,就这样高高兴兴分掉了各自的肉夹馍。

我后来吃过的一切,没一样能和当时的肉夹馍相比。

咸鸭蛋

我小时候,市井间流行些顺口溜。词句可东摆西扭,只要押韵。比如,"周扒皮,皮扒周,周扒皮的老婆在杭州。"周扒皮的老婆干嘛要和老公分居去杭州呢?不知道。

再比如,"鸡蛋、鹅蛋、咸鸭蛋,打死鬼子王八蛋。"我一直觉得这句唱错了,很可能原话是"手榴弹"。因为你给对手扔咸鸭蛋,简直是肉包子打狗。

江苏高邮产的咸鸭蛋,大大有名。我认识许多人,不知道高邮出过秦观和吴三桂,只知道:"啊哟,咸鸭蛋!"可见传奇远而粥饭近。高邮是水乡,鸭子肥,蛋也就多,高邮人本身又善于腌咸鸭蛋,遂海内知名。

咸鸭蛋家腌起来并不难,但要腌得蛋白不沙、蛋黄油酥,很靠手艺的。这和晒酱、做泡菜、腌萝卜干一样,是"得之我幸,不得我命"的事。我们这里用黄泥河沙腌的多,有谁腌得不好,被人指责手臭了,就恼羞成怒,抱怨水土不好鸭子差,"沙子不好不吃盐的"。真是淮南橘子淮北枳。

好咸鸭蛋，蛋白柔嫩，咸味重些；蛋黄多油，色彩鲜红。正经的吃法是咸蛋切两半，挖着吃，但没几个爸妈有这等闲心。一碗粥配一个咸蛋，扔给孩子，自己剥去。

咸蛋一边常是空头的，敲破了，有个小窝；剥一些壳，开始拿筷子挖里头的蛋白蛋黄。因为蛋白偏咸，不配粥或泡饭吃不下，许多孩子耍小聪明，挖通了，只吃蛋黄，蛋白和壳扔掉。家长看到，一定生气，用我们这里的话说：

"真是作孽啊！"

吃咸蛋没法急。急性子的孩子，会把蛋白蛋黄挖出来，撒在粥面上，远看蛋白如云，蛋黄像日出，好看，但是过一会儿，咸味就散了，油也汪了。好咸鸭蛋应该连粥带蛋白、蛋黄慢慢吃。斯文的老先生吃完的咸鸭蛋，剔得一干二净，寸缕不剩，只留一个光滑的壳，非常有派头。空壳可以拿来做玩具、放小蜡烛。小时候贪吃蛋黄，总想着什么时候能只吃蛋黄就好了。后来吃各类蛋黄豆腐的菜，才发现蛋黄油重，白嘴吃不好，非得有些白净东西配着才吃得下。

夏天最热，买菜不宜，大家胃口也差。妈妈们经常懒得做菜，冷饭拿热水一泡，加些咸菜、豆芽、萝卜干、豆腐乳，当主餐了。单是这样，还嫌素净，婆婆们一定要唠叨说媳妇懒；加几个咸蛋，正经就是一顿饭了。所以想起夏天来，很容易想到竹椅子的凉、蚊香味道、大家吸泡饭稀里呼噜的声音、萝卜干嚼起来的咯吱声、厨房里刀切开西瓜时闷脆的"咔"声，然后就是咸鸭蛋的味道了。

我小时候笨得很，以为鸭蛋天生是咸的，还幻想过：是不是有一种天生咸的鸭子，会下咸蛋呢？

我爸从南京带回了盐水鸭，我就问爸爸："咸鸭蛋是盐水鸭生的吗？"我爸说："对！"

我说："那咸鸭蛋能孵出盐水鸭了？"我爸（现在想起来，他当时考虑了一下）说：

"能，但一定要鸭妈妈自己孵，你就不要去孵了，晓得不？"

很多年后，我在巴黎亚洲超市买了咸鸭蛋，掏了鸭蛋黄，碾碎，略炒，加了青豆和芹菜碎末，用来煮豆腐。这菜做起来不难，因为有咸蛋在，你不需调味，就能让豆腐咸鲜，还带鸭蛋的颗粒磨砂式口感；而且人在异乡，吃这个也能有身在江南之感。

我请法国朋友吃饭时，若要偷懒，便做这道。法国朋友都惊诧，指着咸鸭蛋黄碎发呆：

"这是什么酱？"

"鸭蛋黄。"

"类似于蛋黄酱(美乃兹)吗?"

"不是。从蛋壳里出来,这蛋就是咸的。"

法国朋友觉得很诧异,于是我听到这么个问题:

"是不是给鸭子吃许多盐,它们就会下这种蛋呢?"

我本来想认真聊一聊腌咸鸭蛋的工艺,但一想到要用法语表达那么冗长琐碎的句子,便觉得头都大了。于是我简洁地回答:

"对,就是让鸭子吃盐,它们就下咸蛋了。"但我怕他们真去尝试,会把鸭子齁死,于是补了一句:

"可是,只有中国某种特定的鸭子才下得了咸蛋。"

于是他们边用勺子吃着蛋黄豆腐,边点着头:

"真是神奇啊……"

而我则想:小时候我爸爸哄我那句,真也是急中生智。

羊肉汤

宋朝人,真是爱吃羊,跟羊有关的故事也多。

比如,在传说和正史里,宋仁宗都被记成个好皇帝。传说里,他是狸猫换太子的主角,坐拥包公和狄青这一文一武,而且国运升平。正史里,说宋仁宗有天晨起,对近臣说,昨晚睡不着,饿,想吃烧羊。宋时谓烧羊,就是烤羊了。

近臣问,何不降旨索取啊?仁宗说:听说宫里每次有要求,下头就会准备,当作份例。怕吃了这一次,以后御厨每晚都杀只羊,预备着我要吃。时候一长,杀羊太多啦,这就是忍不了一晚饿,开了无穷杀戒。

此事足证:宋仁宗这个"仁"字确实靠谱。不仅考虑人,连羊都保护起来了。

羊被宋朝人集中火力歼灭,可能是因为宋朝时,人还不爱吃猪肉。苏轼说猪肉,"富者不肯吃,贫者不解煮",可见当时猪肉地位尴尬。而牛又是耕地用物,屠宰起来规定重重。

所以,羊就可怜了。

中国人吃羊肉，时候甚早。古人以牛、羊、猪为三牲，拜祖宗时得三样齐聚，祖宗才肯吃，是为太牢。而上古吃东西，又偏爱酥烂。谈论好吃的，都一定要吹嘘如何脂膏饱满。大概古人牙齿不甚好，喜欢吃软的。所以周朝时，将羊里脊肉捣烂，去筋膜，加作料，就吃了，听上去就觉得入口即化，酥嫩无比，呼为"捣珍"。只是细想来，总觉得少了羊肉的筋骨气节。

苏轼在南方时，给弟弟写信，说他这里街市上能买到羊脊骨，上头能剔出点肉来，找这点肉吃，像在吃螃蟹似的——细想来，这不就是羊蝎子么？

话说南宋时，宋高宗到大将张俊府做客，张俊请天子吃"羊舌签"，宋朝说"签"，就是羹了，也就是羊舌羹，想起来就好吃，一定又韧又脆，只是费材料，寻常人吃不起。

又说那时候，都城临安，有位厨娘，制羊手艺高，踩着不知多少羊的阴魂，架子也大。

某知府请她烹羊，得"回轿接取"——接个厨娘来做饭，好比娶个新夫人，难伺候！

她做五份"羊头签"，张嘴就要十个羊头来，刮了羊脸肉，就把羊头扔了；要五斤葱，只取条心，以淡酒和肉酱腌制。仆人看不过，要捡她扔掉的羊，立刻被她嘲笑："真狗子也。"

如此奢侈靡费的一顿，好吃是好吃的，"馨香脆美，济楚细腻"，但知府都觉得支撑不了，没俩月就找个理由请回去吧。

我在陕西吃到过羊脸肉，鲜嫩，味道简直像贝类。按这厨娘的做法，羊脸肉再加葱、酒、酱腌制，应该更嫩更入味吧。当然，的确太奢侈了。何况请个厨娘做羊，花钱不说，还要被嘲笑，何苦来哉。

羊肉确有好处：肉有口感，且细嫩。比起猪、牛，显得斯文些。我有些朋友口钝，吃猪肉、牛肉和狗肉时，经常舌头打架分不出来。但羊肉从肌理到气味以至于口感，都棱角分明。因此，羊肉是种上得厅堂下得厨房、外柔内刚、谦和温润的君子肉。

羊肉做法很多，尤其涮羊肉，天下皆知。传说前清时，老北京吃羊肉的挑剔起来，非张家口外肥羊不吃。秋天赶羊进来，玉泉山放养，吃青草喝泉水，好比斋戒沐浴了，这才进得京来，冰清玉洁，好像妃子伺候皇帝前先要洗干净熏香似的，这才够资格被片，下锅挨涮。

北京涮羊肉时，片肉可以薄如雪花，委实好手艺。据说一只羊出四十斤肉，也就有十五斤够资格来涮。

故老相传，涮羊肉好吃的，只有五处：上脑嫩，瘦中带肥；大三岔一头肥一头瘦；小三岔就是五花肉；磨裆是瘦肉里带肥肉边；黄瓜条也是取其嫩和肥瘦相间。好羊肉天生鲜嫩，不用白水涮还真对不起它。白水一过，不蘸酱都能有天然肉香。涮羊肉的火候是门手艺。

我小时候吃羊肉，唯恐不熟，羊肉片下了锅，总要顿一顿，等一等，起锅来羊肉发灰，略带皱，吃起来还不好。后来遇到热情的朋友请客，抢过筷子替我一口气涮了十几片，都是一涮即起，蘸了料，叮嘱我快吃。我一嚼之下，才知道一涮即起的羊肉的好：肌理若有若无，嫩香软滑，入口即化，嚼都不用嚼——还需要嚼一下者，单是为了把蘸料和肉混合了，香。

羊肉做热菜，就友好得多。煎炒烹烤，无一不可。搭萝卜，配土豆，百无禁忌。比起鱼翅之类借味菜，大多数羊肉菜都更有发散性，许多配菜都狐假虎威，想借个羊肉的香味。羊肉这样不求索取默默奉献、不动声色间渲染得满室温香的好东西，果然全能。

烤羊肉串是用孜然那种霸道的香来使之增色，犹如美人化浓妆抖性感裙摆：要的是个野劲儿。实际上，仅论对鼻子的吸引度，烤羊肉串当世罕有其匹：羊肉和孜然味道一合，漫天彻地，是很火烧火燎、撩撩杂杂的香。加上火焰熊熊、油声嗞嗞，方圆百米之内都被这种视觉听觉嗅觉全方位勾引。再小心翼翼的人，见了烤羊肉都会心情喧腾，胸胆开张，不喝酒的也得来两瓶。

羊肉非只北方人爱吃，江南亦然。比如，湖州有著名的板羊肉，苏州有所谓藏书羊肉。据说湖州、苏州的羊，最初都是明朝时北方羊种南下，在江南宝地，饮清水、吃嫩草。

我去嫁在湖州的某位姑姑家吃饭，听说典型的老派湖州板羊肉做法，是去毛刮皮，然后放进一个大石槽里火烧。石槽厚，所以等于文火炖。一天炖完，羊肉味道全出，酥融鲜浓，勾魂夺魄。这样的羊肉尽可以冻实了再吃。江南现在的许多白切羊肉，情况相去不远：使厚锅慢炖，炖出味道来吃。

连羊脂膏一起冻实了的白切羊肉，无锡叫做羊糕，最是好吃。咀嚼间肉的口感，有时酥滑如鹅肝，却又有丝丝缕缕的疏落感。更妙在脂膏凝冻，参差其间。一块白切羊糕，柔滑冷冽与香酥入骨掩映其间。

无锡的熟食店四季有牛肉供应，但总到入冬，才有白切羊肉卖，常见人买了下酒。用来下热黄酒或冰啤酒显然不妥，通常是白切羊肉，抹些辣椒酱，用来下冷白酒。过年前后，买包白切羊肉回来直接冻硬，能嚼得你嘴里脆生生冒出冰碴声。吃冷肉喝冷酒，冷香四溢，全靠酒和肉提神把自己体内的火点起来。因此，冬天和人吃白切羊肉喝冷白酒，到后来常发生两人双手冰冷，可是面红似火、口齿不清、唇舌翻飞、欲罢不能的情景。

比羊肉更动人的，乃是冬天的羊肉汤。

江南冬天阴寒，周末大家爱去澡堂泡澡。许多人都如此：周末，睡到日上三竿，看冬日阳光还好，就出门，先去羊肉汤店，招手要碗羊肉汤。店主一掀巨大的桶盖，亮出蒸汽郁郁、看不清就里的一锅，捞出几大勺汤、几大块羊排。一大盆汤递来，先一把葱叶撒进去，葱叶被汤一烫，立刻香味喷薄，满盆皆绿。

羊肉店旁，总有卖白馒头、花卷、面饼的，就是等着买了，就羊汤吃喝。把这些面食，一片片撕了，扔进汤里泡着载浮载沉。计算时间，等浓香羊汤灌饱这些面团后，趁其还没有失却面饼的筋道，迅速捞出食之，满口滚烫，背上发痒，额头出汗。然后抢起块羊排，连肥带瘦，一缕缕肉撕咬吞下。末了，一大碗汤连着葱，呼噜噜灌下肚去。

只觉得从天灵盖到小腹、任督二脉噼里啪啦贯通，赶紧再要一碗。

第二碗羊汤会觉得比第一碗少些滋味，所以得加些葱，加些辣，羊汤进了发烫的嘴，才能爆出更香更烈的味道。好，喝完了，出透一身汗，顶心通到脚底，就跑去澡堂，一进门就脱衣服：

"热！"

也有会享福的，多半是上年纪的老人家，午饭随便吃吃，到澡堂进门，找掌柜要了钥匙，边跟熟人聊天边脱衣服。茶房端一玻璃杯绿茶上来。找一角池边，放下洗浴用品，用脚试水温，搁两只脚进去，若水烫，不免牙齿缝里咝咝地透气；再过一会儿，半个身子没下去，然后直没至颈，水的烫劲包裹全身，先是暖，继而热，末了全身发热，像虾子一样发红，等全身开始刺刺地痒起来，呼吸困难了，出水，喘两口气，休息会儿继续。如是者三，洗头，冲淋浴，有人就叫个搓背的，若不搓背就出门，接茶房递的热毛巾擦身，躺床铺上，喝口绿茶，打个呵欠，全身舒坦、飘飘欲仙。这时就要叫服务了：让师傅们来擦背、扦脚、捶背、掏耳等，再顺手要肩上搁毛巾的小跟班：

"去，给我叫碗羊肉汤！"

等敲背完了,羊肉汤也来了;就躺在铺位上,捧着碗,刺溜喝一小口,暖和;吃块羊肉,嚼得嗞嗞有声,满澡堂都馋起来;喝羊肉汤这位还念叨呢:"冬天冷,吃碗汤去去寒。"就躺舒服了,喝着汤;有时喝完了,盖着毛巾被能捂出身汗来,就起身,二次进去,热水冲一冲,全身松快,这叫冲二遭,全身湿寒之气,都出透了,没捂着,都是羊肉汤的功劳。

出门回家前,还得再问店里要一碗:给家里人吃去!回了家,在羊肉汤里搁点萝卜、面条一煮,一家人的饭全有了。

汤圆与丧葬

汤圆有几种馅儿呢？

芝麻馅儿，到处都吃。甜浓香滑，莫可名状。偶尔筷子戳破了，还会有黑碎芝麻末落在白汤里，妙。

豆沙馅儿跟芋泥馅儿，也有，好吃。花生馅儿，许多南方馆子都有。

重庆有所谓"山城小汤圆"。四川有所谓"赖汤圆"。我吃过，都挺好。但馅儿基本是甜的，且多芝麻为主。我见过有朋友拿赖汤圆蘸芝麻酱吃的，奇香——无锡人好像不这么吃。

我在湖南和四川的高速公路街边小店，都吃到过一种汤圆，菜单上叫金沙汤圆：汤圆里裹芝麻，煮得了候干，蘸花生芝麻碎吃，很好。后来到上海吃擂沙汤圆，惊觉原理差不多。

山东，我在威海吃过枣泥汤圆，奇香，是我见过甜味最纯正，同时清雅不腻的汤圆馅儿了，大道至朴。我在成都吃到过一种汤圆,说是彭水吃法,馅儿是猪心猪肺打碎了用花椒揉的,也很有味道。

我们无锡的汤圆,就讲究四色馅儿。芝麻馅儿磨细如流,浓稠香滑。豆沙馅儿讲究个膏腴丰润,聪明的老板懂得多放油——山东那种枣泥馅儿固然好,太费功夫了,本地老板做不及。

再便是猪肉馅儿。

我有北方朋友,初见猪肉馅汤圆,一怔,"汤圆不都是甜的吗?怎么这里有肉?"吃了一口,对我说:

"不愧是你们无锡——肉馅儿都是甜的!"

最后是猪油菜馅儿:这大概是别处人最见不得的了:乃是青菜剁成泥,加糖与猪油混溶,碧绿甜浓。菜馅儿已经很奇异,又是甜的,只有我们无锡本地的老人家,才爱在菜市场捧一碗吃。本地年轻人吃已经嫌腻了,外地人看着两眼发直。

我爸妈以前买菜的地方,再走一段,过青石桥,有一溜铺子。一连四处铺面,三处是一家的:"小丽香烛店"、"小丽寿衣店"、"小丽殡葬服务一条龙"。店据说本是个会手艺的老爷子开的,太爱女儿了,所以拿女儿的名字起了店名。老爷子上了年纪,就不来店里了:自己蹲家里,偶尔做做手艺;

店都归小丽管。殡葬这行业大家都嫌晦气,不肯做,做了的就容易垄断:小丽家就此垄断了我们这一带的白事。

小丽是个大姑娘,白白胖胖,是真挺胖。面如满月笑眯眯。接洽事务很客气。许多做这行的说话很冲,你去找他谈事,他大大咧咧,"几点去抬死人?""去运的每人要搭包香烟!"小丽不这样,笑眯眯地,"您家的老人寿数是?我来给写上。"听着让人舒服。本来家里出了白事,谁都不高兴;到了小丽这儿,看花团锦簇的花圈、寿衣、香烛,心情还宽点儿。

真有老太太,身体还健康,就拽着家里孩子来小丽家的,指着:"以后你要烧我,也好;运到火葬场前,我要穿这件,好看!我要配这个香烛,好看!"还拉着小丽的手,"心肝啊,阿姨将来死了,你送我,我就放心啦!""阿姨,别这么说,您长命百岁!"

小丽人很好,但有年纪了,却不嫁。多少年纪?不知道,但算着她掌店,有十来年了。她白白胖胖,年纪不显,看去还是二十几岁,但应该是不止二十几岁了。阿姨们说起来,都为她可惜,"太忙事业了,耽误了嫁人。"还啐男人们,"就是看她胖,就是看她是做这行的,怕不吉利——你们男人们都没眼光!"

寿衣店和香烛店之间的门面，本来常年是个配钥匙的。后来年纪大了，爱喝酒，手抖，不做这行了，收摊子回去带外孙了。这门面被个卖汤圆的收了，卖汤圆。

他们家汤圆很好。汤圆卖不出去，油炸了，就是本地所谓玉兰饼。入店来吃汤圆的，坐下了，一大碗雪白汤圆上来，使勺子吹着气吃，冬日里，满店白晃晃；想在街上随吃随走的，就拿一两枚玉兰饼，左手倒到右手，嘴里呵气不止，咬一口，外酥脆内软糯，吃了馅儿，暖软黏就下了肚儿。

我们平常吃汤圆时，会问老板要一碗煮汤圆的汤——其实就是带点淀粉的白水，"不然咽不下去！黏心！"这家卖汤圆的格外用心，冬天给大家上一碗红糖姜茶。男人喝了觉得暖和爽口，阿姨大嫂们喝了更感动，还数落男人："你看看你！什么时候对我这么上心过！"

卖汤圆的喜欢了小丽。这事来得特别敞亮直白。每天早上小丽到店，开了三家的门，卖汤圆的端一碗来请吃。"早上冷，吃一碗！"小丽莞尔一笑，或接，或不接，不接时说"先放在那搭儿吧"，卖汤圆的就放下，搓搓手走开。午饭，又一碗。下午，又一碗。"你忙，吃晚饭晚，垫垫肚皮！"

有些来小丽家谈丧葬事宜的人，谈久了，又要等确定些细节，等饿了。卖汤圆的也送一碗过来，"先吃！"吃过几碗汤圆后，人家过意不去，就踱到他店里：

"我们要守灵，晚上要吃宵夜，你煮些汤圆，冷冻了给我们好不好？"

"好！我给你们做四色汤圆！"

就这样，小丽丧葬和卖汤圆的，不知不觉成了一家——去托小丽家办丧葬的，最后总会提几袋子汤圆回家。

阿姨们很热心，去问卖汤圆的何以这么喜欢小丽。卖汤圆的很敞亮："她人好，又会办事情，又勤快，白白净净，还好看！哪里挑得着这样的好姑娘！"

"你不嫌她胖啊？"

"哪里胖啊？我看她这个叫正正好！白白胖胖，像个汤圆一样，甜津津，好看！——女人家瘦了不好看，过日子也不好；她这样的，才真正是过日子的好女人嘛！"

阿姨们自然把这些话添油加醋，告诉了小丽——我为什么会知道呢？因为我妈就是媒婆们的其中之一。

我秋天回去时，据说，他俩已经成婚了。据说，卖汤圆的最后还是过了一关：他亲自提着汤圆，上门去见小丽她爸爸。进门就殷勤地问厨房在哪儿，煮了汤圆，请老人家吃着，自己坐下，说自己往后的规划。小丽她爸爸吃着汤圆，没吱声，听完了婚礼规划，听完了将来跟小丽怎么过日子的念叨，

老爷子点点头,只说了一句:

"你这个猪油菜汤圆做得好吃!——我们这里都没几个人爱吃猪油菜了,只有老派人肯吃,吃得下猪油菜的人,我看好,踏实——你爱吃猪油菜汤圆吗?"

"爱吃!"

"那就好!"

白酒有什么好喝的呢?

白酒这玩意,有什么好喝的呢?

我以前就常怀这个疑问:啤酒虽苦,爽口解渴;黄酒醇甜,温润沉厚。白酒有什么好喝呢?

我故乡规矩,乡间宴会,每桌发一瓶白酒。女眷不喝爷们喝。江南酒鬼汉子,酒量再大,也不敢愣喝:小杯小盏,倒了白酒,滋溜一口,皱眉眯眼,满脸痛并快乐着,彼此照杯底:"干了!干了!"

我看着他们的表情,心想:

"他们一定也不觉得好喝。"

我小时候,被叔伯辈灌过次白酒。叔伯们醉了,问我能不能喝,不待答,斟一杯,筷子一蘸,让我咂一口。辣!直冲鼻腔!我一跳,叔伯们哈哈大笑。

所以,白酒有什么好喝的呢?

我离乡后,只在一种情况下喝白酒:送朋友,先喝啤酒,到半醉了,加白酒。2005年我喝倒过一回:七瓶啤酒后,继以两瓶白酒。醉后犯晕，不觉得白酒刺喉了，于是醉倒，醒来头疼。回想之下，还是没记得白酒有什么味儿。

2010年，我与若回重庆。当日我岳父，还没接受我为女婿。在他眼中，我仍是个"企图拐走他女儿的异乡人"。我客气得拘谨，他客气得平淡。

当日酒席，有一贺伯伯在列。贺伯伯人风流倜傥，谈吐有致，有他帮腔，我俨然就从个外人，成了半个自家人的架势。

然后，开始饮酒。

——我岳父年少时，是他圈子里的酒神，横扫两省同行，略无敌手。贺伯伯则是日常交接，千杯不醉。这是若后来才告诉我的。

——当日我哪里晓得面前是两尊大酒海呢？只是闷喝。啤酒之后，继以红酒。

对话常如下：

贺伯伯："这个也算你老丈人了，你要敬啊！"

我岳父："贺伯伯今天这么为你说话，你也要意思意思啊！"

红酒之后，继以白酒。那时我有七八分醉，面烫耳热，头壳上半部分飘起，说一句话时已经忘了前一句是什么。恰在这时,奇妙地,我开始觉得白酒好喝了,岳父没那么可怕了——抿一口,像口里爆开了一点,冲鼻腔,呼吸之间,甚至能觉出点甜绵香。我举杯:"敬您二位。"一口干掉,贺伯伯扬扬眉毛,看看我岳父,然后一口干了。

回去的路上,我坐在车后座,若不停用手摸我额头,问我想不想吐。还好。没事。嗯。若扶我回房间,给我一个盆,让我俯身蹲着,以备我想呕吐。她在我旁边守了会儿,说:

"你过关了。"

"什么?"

"你过关了。他们今天就是想试试看。他们说啊,人喝醉了见本性,看你喝酒不要滑头,喝醉了也是个好人,这才放心。"

果然过了几天,再吃饭时,我岳父对我和若说了,"你们俩以后,要好好照顾彼此。"那天他没饮白酒。我岳母一撇嘴,"他现在也老大不小的了,还喝白酒!"

2012年我到了法国后,逐渐开始懂得喝酒了。先是居朗松产区的甜白葡萄酒,然后是苏玳甜酒,再是波特酒、波尔多、威士忌、杜松子,慢慢什么都喝了。巴黎冬天漫长,于是开始喝伏特加。大概是从伏特加里,我明白了蒸馏酒真正的味道。冬天出门前,冰箱里取出冰镇透了的伏特加,倒一小杯,一口进嘴,冰冻滑喉,冻得喉咙痛,只觉得冰甜;少顷,辣劲儿才陪着甜味一起散发满口腔,异香充盈,余味挂颊;一条热线直通肚子,眼睛一睁,脸上发热,全身都松快通透起来。这时候出门,多冷的天气都不怕了。

2015年8月底,我和我父亲去重庆。我妈逢夏天便不出远门,此时颇为紧张,对我道:

"双方家长、工作习惯、地貌风俗、知识背景都不同,你爸爸这个人慢条斯理,吊儿郎当,一喝酒话就多,可千万别误事!"

当日到了重庆,接风酒宴上,我岳父先问我父亲:

"亲家,能不能喝白酒?"

"好啊!"

我没来得及跟我岳父说,我妈平时老控着我爸喝白酒,每次他偷偷开白酒,我妈就直眉瞪眼;我也没来得及跟我爸说,我岳母平日劝我岳父少喝白的了,逼得他只好整瓶整瓶喝葡萄酒过瘾。

我只能看到岳父眉头一纵,喜笑颜开,俩人开了瓶白酒,又问我:"要不要来点?"

"好,好。"

这一天我不是主角,得以坐山观虎斗。没人催,我喝得慢，终于有点意识到，何谓滋溜一口酒，吧唧一口菜。酒是要一口下去的，爆一下的快感，一下是一下；酒香爆出来后，满口留香，浓而且醇。味觉这玩意是会成长的，就像我初吃重庆菜时，只觉得辣；吃多了，其中香麻甜咸厚，才品得出来。

我岳父和我爸就这样，你一杯，我一杯。他们也不聊我与若的事，只这么对喝，闲聊。酒过三巡，岳父眼有些红，忽然开始讲往事了。我看看若，若看看我。事后想起来，大概我岳父是这么想的：

——许多话，太亲近的人不好说，太远的人不好说；我和若对他而言，儿女辈，太小了，不好说；遇到个有阅历的亲家，反而好说了。

——事后我爸回去无锡，对我妈大夸："亲家是个风度翩翩、大有内涵之人啊。"说得太多，我妈都不乐意了，跟我告状：

"你爸每次都把去重庆这段说得，跟个历险记似的！"

且说当日完席之后，岳父兴致高昂，请若的舅舅开车，拉我父亲去重庆南山，看渝中半岛风景。看他俩蹒跚着互相提携上山，我和若面面相觑，说不出话来。

回程时，我和若讨论：

"你爸爸酒量,是不是稍微下来点了?"

"你这么觉得?"

"当年他和贺伯伯可是随意就把我灌倒了,自己面不改色啊。"

"有年纪了嘛。也不敢让他多喝了。他当年最能喝的时候,圈里都知道!"

"我爸爸当年也挺能喝的……现在,容易上脸了。"

2016年初,奇寒。我与若回重庆过年。我、若、岳父、岳母在一家冷锅串串馆子坐下,岳母与若去挑串串了。我岳父亟问我:"要喝点酒不?"

"好呀好呀!"

"白的吧?"

"好呀好呀!"

岳父疾抬手,招呼:"两瓶酒!快!"

酒来,我与岳父一人一杯,岳父抿一口,眉开眼笑:"好!"

我也抿了一口。喝酒多了,我逐渐能体会出何谓绵柔,何谓醇香了。没开始那么辣,那么吓人了。

岳母回来,一看桌上,大叫:"哎呀!怎么又喝酒啦?"

岳父一指我:"是他要喝的!"

岳母看看一脸迷惑的我，摇头："你呀，上当啦！"

年初二，我回无锡吃饭。我、我父亲和我小姑父一桌。吃喝了些，就聊起来了：年初七，我还要去重庆的，送什么礼物给岳父好呢？

小姑父道："送酒。"

我与我父亲跟我小姑父解释，送酒好像不大合适：岳父家有的是酒，更何况，岳母还限制岳父喝酒呢！

小姑父道："送酒！听我的没错。"

思虑再三，我爸突然一拍大腿："对，就送酒！"

我还是没明白过来。我爸解释说："你想啊，这个酒是我送的，亲家公只要说'这是亲家送的！'自然就能放开喝。亲家母这时候就不好多管了，你说是不是？"

——事后想起来，我小姑父是怎么知道这种招数的呢？

看看我那把老公管得严严实实的小姑，我大概猜到了。

我父亲私下里将此事电话告诉了我岳父。然后我岳母便微信跟我抱怨曰：

"前几天他要喝个威士忌，都低声下气求我；刚才亲家打了个电话给他，对我的态度立时傲慢起来！"

白酒有什么好喝的呢?

过了开头,不习惯的那一口,醇浓清香,是真的挺好喝的。

就跟我岳父这个人似的。

一人一半

人都是不知不觉间胖起来的。

她——姑且叫做火龙果——一直没意识到她男朋友——姑且叫番石榴——比以前胖了,直到那天整理旧照片时,才猝然发觉:比起刚认识时,简直已经判若两人。

"因为每天朝夕相处,看习惯了,就没觉得胖。隔段时间才发现,他比两年前,胖了那么多!"火龙果姑娘说。

"胖了是因为幸福嘛。"我安慰道。

火龙果和番石榴确实很幸福。夫唱妇随,兴趣相投,在熟人面前,还愿意分享食物。比如,某饭馆里坐下,两人同步捧起菜单,彼此打量一下对方,然后点菜。

"我要咖喱乌冬面。""我要叉烧拉面。"

面端上来,火龙果捧起咖喱乌冬面,番石榴端过叉烧拉面。各自吃了半碗后,就交换过碗来,继续呼噜呼噜吃。

"这么吃,两个人都能吃到,而且不至于太撑。"火龙果说。

我点头认同。这种吃法挺普遍,情侣间经常如此。只是,我与若的习惯吃法,是各自挑一些自己的在小碗里,端给彼此。

他们这样当场交换碗来吃,很豪迈,真厉害。

当然,他们俩偶尔也有些甜蜜的争执。比如:

"喂,你看我给你还留了两个牛肉丸的,你给我的半碗,倒把羊排都吃光了!"

这时候,犯了错的那位会抿一抿嘴。

按照他们的分享吃法,食量均等,本来不该有胖瘦之别。但各人体质不同,火龙果放开吃依然苗条,番石榴却忽忽悠悠胖起来——并没胖到显眼的地步,否则也不会过了两年才发现。但如前所述,一经与以往对比,似乎便格外胖得触目。尤其是那段时间,两人去看了几部电影,跟顾长健美的电影男演员比起来,似乎番石榴确实胖了些。

"还是要瘦下来。"火龙果跟我们如是说。

"那就要有氧和无氧结合了。无氧保持力量,结合有氧消耗体脂。饮食的话,碳水化合物要尽量控制,摄入蛋白质和大量水……"那段时间,我刚开始跑步,正乐意四处兜售自己的经验呢。

于是番石榴开始每天跑五公里，因此减少了与火龙果一起打游戏的时间。

更明显的是，出去聚餐时，他俩的"一人一半分享吃法"消失了。

每当看到菜单，火龙果依然自得其乐地找自己爱吃的东西，番石榴则很谨慎："这个含糖多……这个淀粉多……这个酱汁会不会不能吃？"

在那段控制碳水化合物的日子里，番石榴有时看去很抑郁。"很馋糖啊！"他跟我说，"看见土豆、米饭这些，平时无所谓，这会儿就特别想吃。"所以，他只好睁大忧郁的眼睛，看着火龙果香甜地吃鳗鱼汁拌饭，自己继续吃煎鲑鱼。

毅力总能见到成效。番石榴很快瘦了些，虽然看去偶尔会发愁——"有时偷吃点巧克力减压"，他对我说。听得我心生恻然。但火龙果似乎没太高兴起来。当我们得知他俩家附近新开了某菜馆可以吃宵夜，一心恭喜他们时，火龙果摇摇头。

"我们都好久没吃宵夜了。"

番石榴续道："我不能吃宵夜。她怕我看了馋不好受，所以自己也不吃了。"说着，牵拉了嘴角，眨眨眼。

一切大概是一个多月后结束的。

我们约到一家新开的越南粉馆子吃饭。火龙果要了牛丸炒粉,番石榴要了鸡肉汤粉。店家另给一个碟子,横着罗勒、薄荷和肥饱的生绿豆芽菜,凭你自选;另有一小碟,切开的青柠檬和艳红夺目的辣椒。再好一些的店,会上来一碟子洋葱、一碟子鱼露,请你自己酌加。大碗里铺着细白滑润的粉。火龙果给炒粉上拌了点鱼露,番石榴给汤里挤了点柠檬汁,下了一点绿豆芽;两个人开始稀里呼噜地吃,吃到一半,停筷,交换过碗来,继续吃。

"所以放开吃淀粉啦?"我问。

"还是觉得,放开吃比较舒服。"火龙果说,"男朋友是用来过日子的嘛,不是拿来看的。"

"心情不好,瘦了也没用。"番石榴说,"我发现人瘦了,脾气也会变急。"

"所以胖了是因为幸福嘛。"我总结说。

"你是不是又把鸡肉都吃掉了?"火龙果问。

"我给你多留了一点粉的呀!"番石榴说。

"可是我想吃鸡肉啊!"

"你看你就是太瘦了,所以脾气这么急……"

一碗日式拉面

从横滨出发往新宿赶时，已是黄昏时节，我和若都饥肠辘辘，夜幕下来，胃口像无底洞，黑暗幽深。我的脑子和嘴，都记不清上一顿饭的味道了；中午似乎吃了些人形烧，但如今回忆起来也都是轻飘飘的物事；看见地铁站商铺里，烤到黄褐的面包，就忍不住吞馋涎。

我和若，真是饿断了肠子，才撑到新宿歌舞伎町里那头粉红小猪的旁边。

所谓粉红小猪，是歌舞伎町牌坊后面，那家"博多天神"拉面挂门的招牌。

新宿歌舞伎町，历来被称为亚洲第一欢乐场，著名的"歌舞伎町一番街"大牌坊后面，旁逸斜出，左右招摇着无数声色犬马灯红酒绿。博多天神拉面馆，小小一家，在牌坊后几步远处平淡地蹲着，反差巨大；就像是个浓妆艳抹，着件缀满钻石豹纹装的姑娘，领口却挂了个普通的白瓷饭勺。

我们进门，左手一片白案台，一列高凳，客人在长桌边排开,像食槽的马似的,低头吃面;右手边的窄道,可容两个人互相侧身过,放三两张桌子,几对情侣模样的男女正对坐吃得稀里呼噜。店里照顾生意的一位大叔,案台后另有两位劳作。一位收拾食材、打理生面,一位凝神定气,和一个汤锅、几个面碗较劲。照顾生意的大叔戴副眼镜,收碗拢筷地忙。

我看了看菜单,抬手,眼镜大叔慢吞吞笑着过来,看我们指了指700日元的味噌豚骨叉烧拉面,又伸了两个手指,点点头,用英文说了句:"Two?"我们点头确认,眼镜大叔对柜台里喊一声。

点单完毕,我黑洞洞的饥饿像块石头,扑通落到了实处——依然饿着,但有下落了。

——日式拉面说是拉面,其实和中国传统拉面已非一路。日文写作"ラメン",英文ramen,音同中国字"拉面",故名。但也有说法,可能是卤面、柳面、捞面、老面等音译,只怪中国面花样太多,很难对号入座。

明治时期,横滨的中华街已有中国人卖类似于如今日式拉面之物,但实际做法是切面,配汤底与调料。

两位案内师傅手法娴熟利落,下面,煮毕,铺汤底,捞面、下食材、下汤,都在我们眼皮底下操作完。豪迈的两大碗,递到我们面前。

第一印象:面、海苔、海带丝和片好的叉烧,都浮沉在一碗暖黄色、稠浓香的汤里。在饿极了的我鼻子里闻来,这香味都是荤的,有肉味。下勺子先喝了一口汤:汤浓得匪夷所思,猪骨熬透,加浓味噌,鲜浓到成半固体,简直可以放在手心舔着吃。

——日本人吃面,从来重汤,也就是汤头和汤底的组合。汤头惯例得是昆布和鲣节刨出的木鱼花来熬,取其鲜味;更有些是猪骨熬完,另加昆布和木鱼花,为了怕味道混,会将昆布在水里过一下,木鱼花也是烫过便捞起;汤底则看情况,酱油、盐、味噌或自家做的酱料,都有。

博多天神算九州风味代表。豚者猪也,猪骨熬久了,汤头浓白厚润,易于调制。加酱油、调味噌,随心所欲。豚骨本身是厚润的香,但缺一点性格;味噌汤由黄豆发酵而来,其香醇浓鲜美。博多人制汤用来做杂煮和拉面时,还爱用晒干后的烤鱼来炖汤。这些一混加,一碗面硬生生就给衬托得玲珑浮凸,活起来了。

喝过汤,左手持勺子,右手筷子挑起一绺面,和在勺子汤里,一口下去,鲜暖得让人闭过气。嚼一口,韧得恰到好处。见海苔、海带丝、木耳、葱花、豆芽和片好的叉烧，都还撒在汤上，被浓汤烫得嗞嗞散香气。混杂着捞了一勺，吃下去，满嘴里软的脆的薄的厚的，跳成一片。

——与山西面类似的是，日式拉面会用碱水，希望使面溜光明滑、弹韧好吃。论对面的花样处理，日本没法和山西揪、扯、拨、擦、剪、捻、剔的华丽手段相比，也不如山西人在小麦、荞麦、莜麦、高粱间的华丽转换，花样主要还在面的粗细上。

日本人的拉面分粗细。粗到14番手，细到28番手。他们谈论棉纱纺线，也爱用"番手"这词。当然，日本人还有其他面，比如他们传统的荞麦面，惯例是荞麦粉加小麦粉，荞麦粉多到七成以上才算数；乌冬面，传统做法是面团揉好了，遮上布，用脚踩，才踩得筋道。拉面也得靠揉搓，因为面的弹性来自面粉的蛋白质。做生面时揉面、醒面，都是为了使麦壳蛋白和麦醇蛋白结合，产生面筋；越粗的面条越筋道，因为保留了较多面筋。

有了好汤头和好面，加什么都方便，好比好水煮得好茶后，要加枣、松仁、核桃，只在心念一动间。日本人对海苔的鲜味很是信任，使海苔卷饭团是常例；茶泡饭配个海苔和梅子，就当顿正经饭吃了。

豆芽是拉面的常例，大概觉得拉面韧、叉烧鲜，总得有些轻而脆的物事吧？于是我这碗里，还有鱼糕切片。

——日本人传统做鱼糕法子，惯例用白肉鱼，取油少肉紧实的，比如鲈鱼和海鳗，捣成泥后，加一点盐和味霖，入盒子蒸。淋冷水后收缩凝结，就成了。

我有个很私人的习惯：消消停停把面先吃完了，剩下叉烧在汤里泡得久，入了味，再开始吃。叉烧酥烂却韧，筋络软糯，纹理都绽放了。吃下去，不消牙齿太费事，就块块绽裂，和着鲜汤一起下去，满嘴都是饱满的肉香。

——日式叉烧，讲究点的，会用私制酱先腌过肉，表面略煎，取肉本身油脂香，再放凉，最后大煮，等煮入味了通透了，再切片。好叉烧随遇而安，而且不贵气，配得了主菜，当得了浇头。

许是饿得太久，开始吃得很急。但吃到中途，就变慢了。汤太浓，每喝一口都觉得"剩下不多了"，想慢慢来。吃汤面的好处，一半在于汤；而汤的好处，又是寒饿的夜晚，能够一口口把温暖吃进肚子里。面吃完，叉烧嚼完，最后把面碗端起来，面汤喝个底朝天。眼镜大叔过来收碗。我朝他跷拇指，他很客气地笑，微微弯腰鞠躬。

我很难告诉眼镜大叔,这顿吃得挺香。吃得香这事儿很主观:不只是满足了舌头,而是一连串的感受。我饿着肚子远道而来,看到三位大叔在灯红酒绿的世界里经营一碗简单温暖香浓的面,吃了喝了,寒冷和饥饿都被缓解了,这一碗面,就像让人在冬夜里,伸一个舒展活泛的懒腰,然后睡进了被窝。

章 鱼

地中海沿岸的人，似乎都爱吃章鱼。去希腊馆子、去热那亚湾区、去巴塞罗那，都能吃到章鱼。然而品其做法，有些不一样。

我在意大利的五渔村附近吃过一次章鱼。热那亚那一带的湾区，山海相接。地图上给你指出的城市，大多更像镇子或村庄。镇与镇之间，常靠邮政巴士连接。比如你从拉斯帕齐去利奥马特雷，十分钟走个来回的所在——坐邮政巴士，司机于是给你表演悬崖山道的漂移来回。而海边诸村更夸张：利奥马特雷和马纳多纳两个村之间，或者走沿海山道（你可以一路看见晴天时泛绿、黄昏时泛深蓝的大海，以及晒日光浴的美女），或者等上半小时，坐上小火车，然后两分钟就到下一个镇子。

那里的章鱼，裹上面衣油炸，再加香料。因为保留着章鱼本身的洁白柔韧，所以真能做到外松脆而内香韧；这做法谈不上花样，但是章鱼本身很耐嚼，越嚼越爱，于是情不自禁,就吃多了。好章鱼不用加盐,本身有海的鲜味。

巴塞罗那也卖这类油炸章鱼,是非常受欢迎的小菜 tapas 之一;还有章鱼切开,镶上菠萝片的,味道就有些奇妙。但另有一种做法,据说很希腊化:直接用重味道橄榄油来处理章鱼:直接烤,略带焦便吃。这种做法,吃不惯的人会觉得橄榄油味重;但吃几口后,你会被烤过的章鱼外皮所折服:鲜脆可口,有种奇妙的腥香味。

我在海南海口,吃到过一个奇怪的菜。店里阿妈端来一碗汤,里面是一块块煮过的章鱼肉,另配一碗调料,是鱼露。吃时夹煮过的章鱼肉蘸鱼露吃。鱼肉煮过后,肉略松,有肉汁的饱满感,配合鱼露凶烈浓郁的咸鲜味,很好吃。阿妈还问我要不要用薄荷叶夹着吃吃看,我没敢尝试;现在想来,一定很有趣。

我在日本鸟取县,吃过一次生章鱼:那是在浦富海岸,海女会端出现捞的章鱼,切好,浇上酱油,让你扎竹签吃;这做法极简单,但肉头极厚,又韧,鲜嫩无比;如果用烤过的海苔裹着生章鱼脚吃,更妙了,脆韧交加,鲜味弥漫。

但日本也不只有极简的做法。东京和横滨都有"筑地银",这家老章鱼烧店,连粉带烤加木鱼花,就很热闹了。

那年初春，我和若晚上逛横滨，想去山下公园。不认识路，天又略冷，一路哆哆嗦嗦的。看见一家"筑地银"，天晚了，只有两个小伙子在看店，一个微胖，一个染着发。我俩过去，用英文要了份章鱼烧。看着他俩配合：微胖那位给模具刷油，染发那位把调好的章鱼丸子——面糊里杂有蛋皮和海苔等，内是章鱼块——倒进模具加热，烧到章鱼丸子凝固，染发那位预备包装，而微胖那位负责撒海苔粉、酱油、木鱼花等，最后问我们要加什么酱料。

"就普通酱料好了。"

"好的。"

于是浇上酱料，递给我们。我们顺便用英语问：

"这里去山下公园还有多远？"

他们俩的英语似乎不算好，彼此面面相觑，讲不出来。微胖那位问了染发那位几句日语，染发那位苦苦思索了一会儿，摇摇头，于是跑去厨房柜里拿了纸笔，画了条路线给我们；染发那位画时，微胖那位就从旁指导，点点画画，时不时给我微微躬身：抱歉啊抱歉啊。我们都不好意思了："啊，要不算了，我们自己过去吧。"

但他们还是画完了地图，交给我们，还是躬身，道："抱歉啦！"

走出不远，就在路边长椅上坐下来吃。章鱼丸子很酥脆，木鱼花鲜，海苔清香，酱汁还是热的——因为一直在用文火加热；酱油里略带昆布味道，最后，大块韧章鱼肉跟酥软的丸子，配合得极好。

我们俩分吃了，继续朝山下公园前进。"按地图，就这里了！"抬头一看，"到了！"

回去的路上，夜深天冷了。眼看要路过，我问若："再来一份章鱼烧，带回去吃？"

"好。"

于是走过去，看见那二位还在呢。一看见我们，染发那位就用日式英语问：

"找到了吗？"

"找到了！"

人民都爱硬菜

我有个同学的男朋友,在牛津读人类学;某年冬天到得巴黎来看女朋友,嗷嗷叫要吃东西。

"不要去订法餐馆子!我要硬菜!硬菜!!"

到得一个韩国人开的烧烤馆,叫了牛羊肉串、韩国烤肉,部队锅里加双份牛肉和方便面,甩开腮帮胡吃海塞。

我们看愣了,他还委屈:

"你们可不知道,牛津都他妈吃的是啥!"

同还是这个小伙子,开春了一起去西班牙玩耍;每到饭点,他听说我们要去吃西班牙小菜 tapas,便焦虑起来,"我要吃硬菜!——那边有家汉堡王!"

我们安慰他,西班牙人吃得挺硬了,说是小菜,但火腿、炸章鱼、牛肉糜、炖贻贝,都有,"很硬,都是肉菜!"

他这才平静下来,一边叨咕:

"你们可不知道,牛津都他妈吃的是啥……"

中文里硬菜的说法,大概产自北方?

我一位东北朋友的说法:大块炖肉整条鱼,没动过刀的大肘子。

我陕西朋友的说法:不上一套烤全羊,起码得有整只烧鸡吧?

——其实这种概念,我家乡也有:虽然不一定叫硬菜。我叔叔用一句无锡话,读音叫"扎足",大概就是"扎实丰足"的意思。

过年乡下吃宴席,押尾一大盆甜腻的八宝饭,一尊器宇轩昂的红烧蹄髈,一只庞然大物的炖整鸡汤。到席尾未必有人吃了,但看着赏心悦目:已经填了一肚子打着饱嗝的诸位,也许喝两口鸡汤、剔几块腿心肉,大多数是满足地观望,仿佛看着就饱了。

我也疑惑地问过叔叔,为啥每顿饭最后必上这么一尊?叔叔吧唧着嘴,说了大致如下意思:

——以前困难,吃不饱;觉得这样油水足,饱。

——哪怕不吃,看着也过瘾。

——乡下人实诚,过年就把能吃的都拿出来,不带藏私的。

我在欧洲四处溜达，发现硬菜吧，实是世界人民的需求。

在德国巴登巴登找当地老店，给你上一整个猪肘子，脑袋大的啤酒杯，红光满面的老板看你吃肉喝酒啧啧有声，就眉开眼笑。

在希腊帕洛斯岛要个烤肉，人家连烤肉架子一起上来，密不透风遮天蔽日，对面不见人，只看见大腿粗的肉吱吱有声往下滴油。

在西班牙格拉纳达，去个馆子去熟了，老板一拍脑袋把店里新进的半人长的龙虾拿出来，豪迈地一烤，撒点盐让你吃。

捷克布拉格，伏尔塔瓦河西岸，你按着酒店老板推荐的去找那种捷克老店，接头暗号似的报名字，人家捷克大叔一把拽你进门，当啷一声把两坨壮硕的大焖肉拍给你，外加捷克传统土豆浓汤。

世界人民都需要硬菜。

都说巴黎人吃得精致，但其实专心循规蹈矩去吃细致风味的，除了游客便是美食家。大多数普通百姓，还是爱吃威猛的。

巴黎有个连锁意大利菜馆子，大概可以叫"妈妈餐厅"；

几位当家的跑去意大利乡下学了些乡下菜，回来开了好几家分店。巴士底广场的一家分店，卖的是地道意大利制法的干酪；木柴火烤的鱼与比萨；松露配意大利粗面；调味是意大利式的精致，但分量粗豪至极。临了给个甜点单子，有个甜品叫"大大慕斯"。我好奇能有多大，点了；人家端上来一脸盆巧克力慕斯：研磨细巧、犹且湿润松软，可的确是一脸盆。

某年圣诞节，大家一起去瑞士滑雪，连着吃了几天的瑞士奶酪锅、沙拉和煎鱼，不免口里淡出个鸟来。有位四川来的，平时最挑嘴不过、曾尝试在后院种豆苗解馋的姑娘，就提出"要去吃 Kebab"。

我们笑说离了巴黎还特意找 Kebab 吃，简直岂有此理，她便嘟着嘴道："Kebab 比较硬嚯！"

我们找到一家店，看那姑娘不胜怜惜地用叉子挑起肉来——肉被烤过，略干，外脆内韧，很经嚼，因为是片状，不大，容易咽——呼呼地吃，油光光的腮帮子，为了嚼肉，上下动荡，瞪着眼睛，脖子都红粗了，吃下去，咕嘟一口饮料，接着一叉子肉。眉开眼笑。这氛围下，大家都放松了，开始放怀吃肉。

——所以，您看，对硬菜的爱，全世界都没差别。在都甩开腮帮子吃硬菜的氛围中,大家才会袒露对肉类的本真欲望,显得格外真性情。

吃硬菜不止是为了饱肚子,还兼带了社交。再生僻的关系,甩开腮帮子来一顿硬菜,都会融洽起来;再喝上两杯酒,很容易就成生死之交了。

多年后他乡遇故知:"还记得我们当初一起玩的什么什么吗?"面露难色;"那顿肘子还记得?"对方手一拍大腿:

"哎呀,记得老清楚了!"

趁你还能吃下一切时

吃东西有其时机。咖喱刚熬时,香得很直白,但搁过一晚后,味道变醇厚,甜辣交加,用来拌热米饭极美味:好像香味睡着了,又醒过来了似的。

芝麻爆香时最热,等略凉一点,撒菠菜、拌豆腐丝,抹一把在煎排骨面上,脆酥香好吃。

鸭子汤,熬完了须立刻吃:好鸭子汤油不会太重,上来烫,也凉得快。鸭子干吃怎么都好,汤一凉,就像久无往来的亲友,对坐悬望,说什么都尴尬。

有的东西适合久藏,于是人也乐意这么做:吃到一次好巧克力了,赶去买,藏抽屉里,等着开心时吃;朋友送了好酒来,藏柜子里,等着有喜事时喝。储藏太久于是凝结了的陈年绍酒、经年累月于是黑黝黝一坨的普洱,都是传说中的神物。

有些东西不一定靠久藏,只是吃时会被留到最后:吃叉烧饭,把饭吃干净,最后才慢条斯理嚼叉烧,这份儿心里舒服——好东西，到底留到了最后。

有的东西得吃新鲜的。江户幕府时期，日本人相信，吃每年新产的初物，可以多活七十五天。如果吃了初鲣，可以多活七百五十天。虽然有些人认定回游鲣鱼好——那时节的鲣鱼，吃肥上膘，秋来被捕，拍松了，加葱姜蒜萝卜泥吃，也可以离火远些，烤出油了吃——但到底敌不过初鲣派们势大。哪怕瘦，但鲜美无比——何况还增寿七百五十天呢。

苏轼有一首诗写春菜，琢磨荠菜配肥白鱼，考虑青蒿和凉饼的问题，想宿酒春睡之后起床，穿鞋子踏田去踩菜。说着说着，就念叨还是四川老家好，冬天有蔬菜吃。说着说着，想到苦笋和江豚，都要哭了。

如果到此为止，看去也不过像张季鹰的"人生贵适意，怎么能为了求官远走千里而放弃吴中的鲈鱼莼菜羹呢"的调子。苏轼没那么超拔，但平实得让人害怕：

"明年投劾径须归，莫待齿摇并发脱。"

家乡的东西永远好吃，但还是要抓紧时间吃：等牙齿没了头发掉了，也吃不出味来了。

人得藏着一些食粮，精神食粮和肉体食粮皆如此。你饿时,想到冰箱里有肉,柜子里有泡面,望梅止渴,饿劲也能缓一缓;你焦虑时,想到还有些后路可走,就舒服些。松鼠都知道办些仓储过冬,何况人类是星球统治者,智慧非凡。

但这种做法,多多少少会有问题。在这年头,你很容易发现:这种秘藏日积月累之后,回头一刨,发现有太多东西,当时信手埋下,指望他日发芽,但时光流逝,再想吃那颗藏深了的核桃,却发现都咬不动了。

每个人都有这样那样的一些事:买了之后,总是一推再推不肯看的书;储存之后,永远不会再去调用的文件;为防断粮买回来,而总也不会拆包的饼干和泡面;到处旅游买的一打、当时整理好、日后再也不会打开的明信片;或者一个发愿"一定要好好重温"、特意找到了、然后一直没时间玩的老游戏。

过期食物,扔了就好;老了的书,不读也无碍。

但有太多事,就这样搁着,可惜了。

每个人,或多或少都存着个虚无缥缈,只有自己珍之藏之的梦想。然而,随着时间推移,大多数梦想,并非破灭,而是被推迟,被当作冰箱里的隔夜咖喱,酒柜里的庆祝香槟,"非得到那一天才能享用……我们得等到那天"。

与这个梦想并存的,是这个念头:

"有一天，一切都会好的，然后我们就能……"在未来的某天，阳光灿烂，你无忧无虑，自由自在，可以随心所欲。

但是完美的一天，基本上不存在。

辛弃疾有一句话，足以断了所有人的念想：

"莫避春阴上马迟，春来未有不阴时。"

也许又一天，完美的一天终于到了，你打开珍藏的匣子，发现你想做的事，已经被窖藏过期了。你以前宏伟的构思显得很呆气，你曾经看上去不朽的理想像小孩儿过家家。

当时的食欲，当时的心境，都过去了。

所以，世上的事并不都像复仇，搁凉了上桌更有滋味。

久搁可惜，不如早吃。

倒不是说，万事都得趁新鲜吃以便延年益寿，只是，趁你还吃得动时，把能吃的、能做的、能读的、能听的、能爱的，都过一遍，相对安全些。

因为，人生的确长得很，但什么都吃得下还愿意吃的日子，却短暂得多。

冬天的幸福感

淮南牛肉汤。

牛肉、豆干丝、牛骨熬的汤。多加一勺辣。一大盆汤递来,先一把葱叶撒进去,被汤一烫,立刻香味喷薄,满盆皆绿。先来一口汤,满口滚烫,背上发痒,额头出汗。

问老板要根牛骨头,要份绿豆饼,连肉带饼搁汤里一烫。若鼻塞,加一勺胡椒,鼻子立刻通了。

羊肉泡馍。

平时掰馍讲究细心,要细如指甲盖。冬天无所谓一点,掰粗一点也罢,羊肉汤要宽汤,最好是浮油星儿,香。稀里呼噜,吃个挡口的劲头。就糖蒜。如果觉得馍不够筋,直接拿白吉馍啃一口,一勺浓汤下去。爽。

重庆牛油火锅。

平日毛肚郡花鹅肠之类不提。冬天最该烫酥肉。下锅一顿，外皮略糯，就着烫劲儿，一口下去，外糯中酥脆里柔，还带油香，一口下去牙齿特别有征服感。夏天没这种劲头。

担担面。

须是面刚煮好、豆苗犹绿、臊子刚铺上的时候，抢一个新鲜。久了就软塌塌，不够鲜活了。

东北炖锅。

最好滑雪后去吃。大块开江肥鱼、五花肉片、老豆腐吃着，粉条慢熬；吃着吃着，滑雪时冷的指尖脸庞都慢慢融化了，连酸带疼到舒服；出汗；到要吃粉条时，已经进入鲁智深所谓"吃得口滑，哪里肯住"的阶段。

烘山芋。

冬天山芋香味沉厚像蓬松的固体，塞鼻子，走喉咙，直灌进肚去。小孩子心急嘴馋，捧着烘山芋，烫得左手换右手，啜开烤脆了的皮，一口咬在烤酥烂、泛甜味、金黄灿灿的烘山芋上，觉得像一口咬住了太阳。第一口总是特别软糯好吃。咬一口皮会觉得：脆山芋皮似乎比芋肉还甜些，耐嚼些。

虎皮冻。

猪皮，也可以夹杂一点儿猪肉，下锅煮到稀烂，切成块儿，然后下一点儿盐，喜欢的，搅和点儿豌豆、胡萝卜丁、笋碎儿，也可以径直把煮烂的猪皮肉，调好了味，加一点儿湿淀粉，搁冰箱里。冻得了，取出来切块或切丝。凝冻晶莹，口感柔润，猪皮凉滑，偶尔夹杂的猪肉碎很可口。配着酒，很香。可以蘸醋，可以蘸麻油。

瑞士的奶酪锅。

正经锅子不大，锅底浓稠的酪被温度烘软，用长杆二尖叉，叉土豆、面包片、火腿下锅。没有北京涮羊肉那种"涮熟"的过程，更像是卷了干酪，直接就吃。用烙锅烫火腿吃很好：山上腌得的火腿，坚韧鲜咸，片好了，色如玫瑰花瓣。用二尖叉叉上，在干酪锅里略一卷，浓香干酪汁浓挂肉，入口来吃，满口香浓。吃到餐尾，火腿面包土豆皆尽，满锅里还有层干酪留着。灭了火，干酪慢慢凝结起来，在锅底结了。叉起来，用餐刀切了块，吃一口，其味咸香，一半是奶酪本身的咸味，一半是火腿香。

滚粥。

一种是久熬有味的粥。比如《红楼梦》元宵夜,老太太说"寒浸浸的",移进了暖阁,说"夜长,有些饿了",凤姐回说有鸭子肉粥。鸭肉粥、鸡肉粥,都可。

一种是滚粥烫菜,比如艇仔粥。鱼、瘦肉、油条段、花生、葱花、海蜇、肚丝、鱿鱼切薄,用极烫粥下去,将这些烫熟;就着吃。会觉得冻红的鼻子是酸的,眼泪止都止不住。

声音是有味道的

人会赖床，大半是舍不得温暖的、柔软的、不需思考的、自由自在的、想怎么打滚撒赖都没人管的环境，不愿意去到外面那寒冷、麻烦、必须直立行走、衣饰鲜明、规行矩步的世界去。

闹铃声设计得再悦耳，久了都会嫌烦：毕竟，闹铃声只意味着现实世界又叫你去啦，真是催命符！

所以最好的起床铃声，依我之见，是这样的：

土豆牛肉汤被炖到闷闷的咕嘟咕嘟声。烧肉酱抹在煎肉上的刺啦声。油条在油锅里膨胀的嗞嗞声。炒饭、虾仁和蛋花在锅里翻腾的沙啦声。嚼碎蒜香肝酱脆面包时的喀刺声。这些声音听久了，人会忍不住一骨碌翻身起来。

声音就是有味道的。

英国国菜，众所周知是鱼和薯条 fish and chips。但英式英语里另有个好词：脆土豆片 crisps——听这读音，你就感觉得出来，crisps，简直就是薯片在嘴里刺啦咔嚓，响亮爽脆的动静。

晚上你饿了,出门吃烤串。你点好了,听肉串在火上嗞嗞作声,不忍心看,看了肉由红变灰慢悠悠,就百爪挠心,直探入胸腔里去,于是坐立不安,非得过去,监督着摊主:别烤老了!我就爱这么嫩的!快快,快给我!——就差伸手去火里,把嗞嗞的烤串给抢出来了。

烤得了,撒孜然,端上桌来,还有嗞嗞沙沙声。这时候须得要冰啤酒,酒倒进杯里,泡沫咻咻地雪涌而出。没等吃,先舒一口气:这感觉才对了。

油炸火烤的声音,听起来格外香。裹好面糊的炸鸡炸虾下锅,先是嗞哩嗞哩的油跳声,再是呲呲啦啦的油炸声,好听。

我小时候,江南菜市场,油炸经典小食品三样:一是刚揉成还白嫩清新,一进锅就黄焦酥脆起来,吃一口就"嘶"叹一口气的萝卜丝饼;二是油光水滑,揉长了扔油锅里慢慢饱胀,脆香可口的油条;三是下了油锅就发硬变脆的油徽子,最是下锅时的刺啦声,咬起来的咔嚓声好听。你在一边看人吃,听这声音,自己都会馋。

陕西油泼辣子面,最后那一勺滚油"刺啦"一声浇在面上,香气还没被逼出来,氛围已经在了。

炒过菜的都知道，热油遇到水，会有非常响亮明快的"沙啦"一声。比如你竖耳朵，听厨房炒回锅肉，之前叮叮笃笃的刀击砧板声，总不过瘾；非得"沙啦"响一声，那就是肉片儿下锅炒起来啦，马上就要呈现灯笼盏状啦，等"嗞嗞"出完了油，就是豆瓣酱们爆香的天下啦！你快要闻见一路穿房过屋、钻门沁户的麻辣香味来啦——总之，那一记"沙啦"声，最是让人心花怒放。

蛋炒饭是另一回事。好蛋炒饭要隔夜饭，天下皆知。此外油不能太多，葱花儿得爆得透，都是小节。所以正经葱花蛋炒饭，葱叶儿自"嗞嗞"始，蛋落无声，最后隔夜干饭下去，如果炒不响，就软塌塌的，整碗蛋炒饭都没精神；炒到乒乓作响，噼里啪啦，饭就有筋道。

大锅炖鸡汤，声音要温柔得多。小火慢熬，你每次走过去看，就只能听见锅肚子里咕嘟咕嘟，温柔敦厚的冒泡儿声，于是想见其中皮酥肉烂、漾融在油润微黄的鸡汤里，真让人沉不住气。每次吃鸡汤，总是忍不住来回走几趟，可是鸡汤稳若泰山，就是咕嘟咕嘟、咕嘟咕嘟……慢慢悠悠，香味勾人。

咖喱土豆炖鸡时，咖喱粉融的酱，混着炖得半融的土豆淀粉，会发出一种"扑扑波波"的响声，比普通水煮声钝得多。这简直就是提醒你：我们这汁可浓啦、味可厚啦，一定会挂碗黏筷，你可要小心呢……

同样，喜欢德国炖酸菜、西班牙海鲜饭、意大利鹰嘴豆烩肉、东欧的奶酪炖牛肉的，听见那些锅里叽里咕噜炖汁冒泡的声音，一定会忍不住探头看两眼。

液体也有声音。啤酒泡沫雪涌时会发出"咻"的一声。可口可乐遇到冰也会先"咻"一下，然后就是滋哩哩泡沫声。喝冰果汁不如冰可口可乐酣畅淋漓，就是少了这一声。

如果你爱吃瑞士干酪锅，一定会觉得，锅底干酪咕嘟咕嘟冒泡时是美妙的开始，冷却凝结后焦脆香浓的干酪被从锅底挑起来时的刮剌刮剌声是美丽的结束。

好的西瓜和笋，一刀下去，会听到一声响，随即裂开了。这一声饱满而脆，听声音就能想见刀下物的脆声。好的萝卜切起来，落刀声音脆，"嚓"的一声，但往下手感会略钝，质感均匀，一刀到底，很轻的一声"咔"。太脆了就不好：吃着太水。

五花肉煮好了，刀上去会觉得弹，切上肥肉时，手感很软韧沉；到瘦肉时会爽脆：说明煮透了，不软绵绵跟你较劲。

三文鱼冻实了，皮会咬住肉，内里含水凝冰。去皮时会有轻微的"嘶嘶"声，切下去，有切肉连冰的"些些"声。

吃起来，冰凉清脆，且不失柔软。冬天吃脂膏冻上的白切羊肉，入口即化，酥融好吃，吃多了之后，听见切羊肉的"些些"声，也会觉得好听得要命，就缺酒颠儿颠儿往酒杯里倒的声音了。

我最中意的声音，是南方米饭的叹气。

话说一切中餐馆，管你是川、鲁、粤、淮、扬，从大煮干丝到回锅肉，厨子都敢给你做。唯独米饭，很难吃上好的。因为大多数饭店都是大锅饭，米饭不卖钱，不给你单做。陆文夫先生抱怨过，苏州饭店炒虾越来越敷衍，请他们一小盘一小盘上都不行：因为人家都是一次性炒一大盘，导致虾火候不当。但若不如此，就供应不及——米饭也是这道理，未必要名贵米种，只要不是大锅饭，就很容易做好吃。

所谓好米饭，就是等你揭开锅，迎面一阵淡而饱满的香气腾起，之后会听见米饭带出一个极轻的声音，像叹气似的。那时你就知道，米饭香软得宜了，再加点切咸菜的咔嚓声、炒花生的噼啪声、炖红烧肉的咕噜声、炒黄豆芽的淅沥声，这就是一桌好饭了。

我很想念武汉的豆皮、菜薹和热干面

我第一次去武汉是2006年。当时招待我的朋友，偶尔跟朋友打电话时，会说句"今天我过江"。作为一个江南人，听得很诧异，觉得过江这样的事，说来举重若轻的？后来才知道，对许多武汉人而言，过江是一种日常。

我记得当时要出门，不辨道路，坐公车。有一趟公车路过卓刀泉——这名字太别致；有一趟公车路过东湖，加上光谷和户部巷。这就是我记得住的地名了。火车站买的地图，看看字样，觉得自己在读史书：江夏，武昌，江汉，汉南。

还有一位在汉口工作的朋友，自己是湖南华容的，跟我打趣：赤壁之战时，刘备在夏口（大概就是现在的汉口），曹操走华容。另外一个朋友，轻描淡写地说自己是寿县的，小时候常去八公山。我立刻满脑子豆腐、廉颇墓、淝水之战风声鹤唳，都出来了，激动得跳脚。

真是江山如画，一时多少豪杰，说个地名，都能让人开心。

朋友带我去过早,去了户部巷。他直白跟我说,户部巷并不一定是最好吃的,但对我这样的外地人合适:一次都能吃到。对我这种江南人而言,是挺震撼的。

我们那里人吃早饭,惯例家里稀饭、咸菜、炒鸡蛋、拌豆腐、榨菜、肉松、皮蛋之类;也有洋气点的人家,是牛奶、面包、煎蛋。

出门吃的,油条豆浆是常例;吃早面下浇头是有年纪人的爱好;萝卜丝饼配豆腐脑也行;豆浆配粢饭团也能边走边吃;粢饭团里不裹油条而裹肉松,就算奢侈了。大体而言,早饭该是清淡(稀饭)、甜口(豆浆、粢饭团),吃的东西也不夯实,"点点嘴"为主。

在武汉吃早饭,热干面?豆皮??鸡汤???按我们那儿习惯,这份敦实丰厚,得是正餐配置了。朋友这么跟我解释:据他长辈说,武汉九省通衢,交通繁忙,大家起来得早,许多还得过江,奔走多,消耗大,早饭一定得吃饱吃好,当正餐吃,才行。

热干面是我吃过香得最浑厚的面,没有之一——论味道繁杂的冲击,重庆小面;论面入口到咽下去咀嚼的快乐,陕西油泼面。但香，热干面无出其右。

芝麻酱让整碗都有种粗粝又雄浑的香气，整碗面都跟着活色生香。挑起面来，拖泥带水，黏连浓稠，甜香夺人。我们那里的汤面讲究清爽，但热干面反其道而行之，像在美味沼泽里捞面。我当年吃的第一碗，有辣萝卜干和酸豆角，没别的。所以我以后去哪儿吃热干面，都习惯这样了：萝卜干韧脆辣，酸豆角酸脆，搭配芝麻酱沼泽里捞出来的浓醇面，相得益彰。

我在巴黎遇到过一个店做热干面，老板刻意将面揉细了一点，芝麻酱也选不那么浓稠的。我跟他讨论说，热干面的粗和颗粒感挺重要的，他也承认；但对非武汉人而言，要欣赏这份粗粝浓厚的美味，其实得有个过程——吃惯了的，会觉得这样才是唯一正确的做法。

吃熟了的，会觉得热干面是全世界最大巧不工、香得纯粹的面吧？——反正我是这样的。

作为江南人，最大的震撼，还是来自于豆皮。

此前我读《笑傲江湖》和郑渊洁的《郑渊洁皮皮鲁对话录》，都提到了豆皮，似乎吃起来论"份"——我想象不出来。

当时 2006 年早春，真看见豆皮时，我都呆了：金黄酥脆一份，周周正正。豆皮香脆，糯米柔软，油不重，豆皮里是笋丁、肉粒、榨菜——我吃的其他家，还有青豆和虾米——咬上去脆得"刺"一声，脆然后糯，口感纷呈。

可惜，后来我一直没太吃到：热干面，许多店都做；豆皮，那就珍贵了。在武汉之外，我只吃到过一家店做豆皮：那是我以前在上海时常叫外卖的一家店。我还在那家吃到过糍粑鱼（鱼腌渍、晾干后煎烧）和吊锅豆腐（豆腐先炸过，表面略脆，再入吊锅里，烩入腊肉风味，汁浓香溢）。

我自己尝试过做豆皮，失败。怎么能做得那么酥脆，跟糯米如此相得益彰呢？那么多料，怎么准备妥帖呢？唉。

再便是洪山菜薹。

我当日在武汉吃到菜薹炒腊肉，一吃难忘。后来在上海那个武汉馆子里吃到过几次——老板并不放菜单上卖，只是家乡给寄来时，会给熟客做一份。洪山菜薹这玩意非常神奇，浓脆甘香，味道丰富；搭配腊肉炒出来的油，无可比拟。

汪曾祺先生说沈从文先生吃茨菰，认为比土豆格高。我借这句话：洪山菜薹炒腊肉，比起一般的韭葱炒肉、洋葱炒肉之类，多出来的就是那一份格：明明是浓浓烟火气的菜，就是透着清爽脆甜。

这么一想，我会记住洪山这个地名，最初也完全是因为洪山菜薹。

江南老读书人吃东西，讲究的是清爽；百姓吃东西，好的是浓油赤酱。从一个江南人角度，我觉得，我吃过的武汉吃食，妙在浓味油脆，又不失香甜：很通达，很周到，还有点辣。早起就吃得心满意足，然后便是熙熙攘攘地奔走。

说到辣，聊个题外话。

比起金庸写吃的四干果四鲜果两咸酸四蜜饯，古龙很少吃山珍海味场面菜，他一般只写我们能吃到的东西，很亲民。我很怀疑，他写的就是他自己日常吃的东西。古龙好像很爱吃辣。说到辣菜，一气呵成。

《绝代双骄》里，小鱼儿要的：棒棒鸡，凉拌四件，麻辣蹄筋，蒜泥白肉，肥肥的樟茶鸭子，红烧牛尾，豆瓣鱼。

——吃口好辣！

《绝代双骄》最后那段情节，发生在龟山附近：嗯，武汉。

我原想是因为古龙笔下人物，比较江湖气，不像金庸那里陈家洛相府公子还要吃糯米糖藕，所以吃口油辣。后来一转念,查了一下:古龙籍贯南昌人,年轻时又住在过汉口——嗯,立刻就理解了。

大概武汉的吃食,连带人们,就是古龙笔下这份"大侠也要吃饭啊,街市上也要吃得很香啊"的,脆生生的生活劲头吧。

我很希望武汉尽快好起来。

我很想再去吃一份豆皮,一碗热干面,吃一盘洪山菜薹——当年我吃时也没太珍惜,好比猪八戒吃人参果,总以为以后有的是机会。也没想到这一下,就十四年了。

现在想想,许多事都这样:当时过去了,总以为有后续,可是下次,真不定是什么时候呢。

珍惜眼前这种话,平时说时口不经心,只有在经历事情时,才显得那么意味深长。

猪的全身都是宝

小学教识字时,有顺口溜曰:"小猪小猪噜噜叫,身体肥胖鼻子翘,耳朵大来眼睛小,它的全身都是宝。"当时念来顺口,细想来煞是残忍:一边描摹赞美猪体态可爱,一边动心存念,说它全身都是宝,打算吃之,猪听了这话,肯定心生凉意,恼恨无比。但猪肉本身好收拾,确也是实的。美国人统计道,世上现有肉制品,猪占了38%,足以睥睨天下。

本来人类对动物,一向就欺软怕硬。熊虎威武,于是古小说里总比之于上将;猪羊听话,就可怜被磨刀霍霍以对。中国人对猪,尤其不厚道:猪的形象,被天蓬元帅八戒一托生,就此奠定。贪吃务得、好色轻浮。其实猪既易饲养,又很听话,若没它舍身相助,千年来的饮食结构不知从何谈起。所以我们对猪,真是有些负义。

对百姓来说,猪肉是宝贝。在法国,18世纪,猪在农村里还是一宝,杀猪如同过节。惯例是婚礼了才能杀猪。杀猪当日，全村围观，过后吃猪肉，以庆祝"猪日"——法语所谓"le jour du cochon"是也。

英国人跟法国人素来不对付，你嫌我造作，我嫌你粗鲁，但在吃猪这事上，却是法国人跟英国人学的：17世纪英国人就爱吃猪肉，法国人本来怀着"咱地中海这边的人得吃羊，不能跟昂格鲁撒克逊的蛮子学"的心态，但吃开了头，就止不住了。从此和法国、德国鼎足而三，成为欧洲猪们的噩梦。1789年，法国大革命时，人民一边闹解放，一边也没放过了猪：是年也，法国朝400万头猪开了刀。

中国人对猪肉，也不总是"贵人不肯吃"的态度。比如，古人以太牢祭祀祖宗，猪头总是少不了。后来民间结拜兄弟，焚香祷拜，也要拿个猪头放着。这道理听着很怪，好像晚辈和祖宗见面不着、兄弟和苍天无处沟通，只好借个猪头表达情意，这么一来，倒显得死猪头比大活人，更通上天智慧。概因那时候肉食实在太少，属珍稀食材。

鸿门宴上，樊哙在项羽面前大吃生猪肘子，让力可举鼎、万夫披靡的项王都惊叹："壮哉！"但也可见，当日席上，刘项这种宰割天下的大人物，也是要吃猪肉的嘛。

但等猪肉普及了，满足了人类对肉的需求，待遇就不免下去了。吃饱喝足，一抹嘴边油渍，坐而论道者有之，比如士大夫纷纷把猪抛弃，咬文嚼字，以为"凡肉有补，惟猪肉无补"，认为猪肉全是反面作用，无非生痰虚气。

可是有力气在那里翻医术的诸位，都是饱暖无虞的。市井小民还来不及调和五脏阴阳，先求饱腹吧——所以猪肉惠及民间，人见人爱。

屠宰猪是门极大的手艺。有一个时期，英国和美国对猪肉部位都有细致不同。

砍罢猪头后，美国人会把猪肩到前肢，分为前后肩肉，然后就是猪踝；英国人则会细分为颈排骨、肩片、猪踝、猪手。而涉及到背和肚子，英国人就粗疏了：后为猪腰肉，前为猪肚肉，加后面连屁股带腿的大火腿，齐了。美国人会把猪肚子肉，又细分为排骨和肋条。可怜猪被如此细细划分，赛似拼图，还叫不得屈，实在是苦。

国外人吃猪头不多。我问法国人的意见，他们总说，吃饭时看见个猪头在席上，对你横眉瞪目虎视眈眈，感觉煞是不妙，很有负罪感。

可是猪头在中国，却是上佳珍馐。中国人吃头脸，从来不忌讳。我在西北吃过羊脸肉；四川的兔头，善吃者能吃得一个头骨丝缕不剩。区区一个猪头，又怕什么？何况中国古来，祭祖宗、拜兄弟，都要使猪头衬着呢。

猪头肉历史极悠久，《金瓶梅》里就吃。西门庆几个老婆要吃酒，就让厨下宋蕙莲做猪头来。宋蕙莲巾帼英雄，极是豪迈。一根干柴，加点自制油酱，一个时辰就把个猪头炖得稀烂，配了葱蒜碟儿——山东人吃饭最离不得蒜——端来，让几位夫人吃喝。西门庆家也算豪富，几位夫人可以大大方方围着吃猪头，可见猪头肉老少咸宜，姑娘们也不必避忌。

我在苏州随父亲做客，吃到过一次好猪头肉。该苏州叔叔说妻子是苏北来的，烧得好一手猪头肉，只是平时人不多，吃不完，难得做。今日有兴，不可错过。猪头端上桌来，见一团红白，酥烂到不辨面目，也不知道这猪生前是俊是丑，阿姨取了片猪骨，往肉上一搅一划，肉瞬间酥烂，香味四溢。这一手儿，当时就把我镇住了。

吃猪耳朵，外国人也不太避忌。大概猪头会瞪人，晚上会被猪的阴魂托梦索命；猪耳朵切开了却认不得，吃起来可以没有感情色彩。

好猪耳朵可塑性极强，可卤可熏，入了味，又韧又脆，切成片有若环环相扣，也好看。

我年少去武汉旅游时，吃一个馆子，见菜单写道"红油顺风"，诧异，想这是个什么菜？一叫来，却是猪耳朵——也不知道是不是只有武汉这么写。

类似拿猪名目玩文字游戏的，所在不少。比如在广东，见过一道菜叫做"穿过你的黑发我的手"，心想店主真是浪漫，还是罗大佑歌迷呢；叫来一看，是盘猪手发菜，绝倒，转而想店主多半年轻时被罗大佑的的歌勾走过女朋友，才有深仇大恨，要把罗大佑的手化作猪手……但后来和朋友说起，人家一脸严肃似的，跟我言道，发菜炖猪手，在广东地位甚高，又和日常下酒用的"白云猪手"不同。上好猪手和发菜一起焖炖，讲究的得下蚝豉，不然不鲜；老抽料酒，自不待提；若要味道鲜浓带甜，还要好南乳，炖起来就香浓扑鼻，满室的空气都像猪手一样粘滞起来了。发菜和蚝豉都是极花钱的食材，必须不遗余力，不然神灵不佑，来年就发不了财啦。又说，最要紧的是，猪手猪脚可不能错了，不然口彩不好，达不到"东成西就、发财就手"的妙谛。

常州有许多老店，只卖一味咸肉菜饭，一碗猪脚黄豆汤。但饭香汤甜，红绿黄白又悦目，也能经营有道，客如云来。

广东人做猪手要蚝豉、江南人炖猪脚要黄豆，都是因为猪本身脂肪厚硕，略有腥臭味。好比羊肉之膻、鱼肉之腥，都略不雅。我猜古代贵人所以不爱吃猪肉，一半怕在于此。但自从香料调味、油盐酱醋齐备之后，给猪肉调味的法子就多起来。

有名的德国咸猪手，盐渗得重，香料放得扎实。如果贴骨的肉也咸香结实，那就算合格。当然得另配酸菜。一方面选料极精，一方面尽量加盐，仿佛不如此就无法遮盖猪肉的本来面目。德国人又爱吃香肠，此爱好遍及全欧。配酸菜，特别入口。德国酸菜是圆白菜或大头菜腌了，吃得惯的人会觉得其味酸香，会求老板多给点酸菜汁子，用来蘸土豆，细嫩好吃；用来蘸香肠，酸咸适口。偷懒做法是先炖猪肉香肠，熬出肉汁来，再下酸菜，酸菜和香肠互相渗透，味道酸香。德国香肠好在猪肉剽悍、手艺悠久，年份久的香肠很容易肥厚饱壮，空口白牙吃，再重口味的汉子都会嫌腻；但一口柔软软酸菜、一口韧绷绷咸猪脚，堪称完美循环。

英国和美国人好像更爱吃烤猪肉，比如肩背肉粗壮，就能下猛料来烤；肚子肉虽肥些，但油多肉软，可以拿来炸猪排吃。后腿也可以拿来烤。

英国好烟肉说是加盐腌制，迎风挂干，厉害的还要加糖与香料，反复烟熏。做法繁杂精细，胜过酿陈酒、卷雪茄。所以好烟肉煎出来咸香适口，虽然如此处理过的东西，叫猪妈妈来认也面目全非了。英国人吃早餐，基本离不了烟肉。烟肉下了锅，融得极快，极肥硕的一大块，忽然就烟消云散，化作一锅油去。就这点油煎蛋，极香。

火腿。我听德国朋友海吹，说北边讲究用北海产的海盐，掺着糖和其他香料来腌火腿，我没吃过；黑森林火腿则是干腌，要用锯屑和杉木来熏过才罢。法国人有种火腿，叫作"巴黎火腿"（Jambon de Paris），说来神神秘秘：1869年由朱勒·古菲（Jules Gouffé）先生手创，一条普通火腿，水煮过，去骨，配果品，冷切了，端上来，但我觉得一般：巴黎人也还是服气伊比利亚火腿和帕尔马火腿的。这两者现在天下知名，不赘。反正去巴塞罗那大菜市场，真有扛着条腿喜笑颜开走人的；虽然当地人常告诫我们，伊比利亚火腿易得，而片火腿片得好的难得——吃惯巴塞罗那番茄酱脆面包配火腿的诸位，一定明白这点。

我国云南、浙江的火腿也天下知名。当然，各家自有手段。我听传说，以前浙江制腿，要大粒子盐揉，看好时节，分毫不能错。又听说云南宣威的火腿，据说哪怕高薪聘了老师傅，去别地开了铺子，离了宣威的水土，就腌不出好腿来。中国人吃生食少，火腿更多用来做借味菜，比如火腿拌芥菜，是民国时世家公子们喝粥的陪衬，真当主菜，大概就是蜜蒸火方这类：火腿本身已经够鲜，大料去加工反而可惜，就是要取其本味，才鲜浓够味。

江南人爱腌咸肉，市面没新鲜肉时，用来熬汤。每年春天，长江三角洲一带阿妈都爱做"腌笃鲜"。无锡和上海话，腌笃鲜的读法都类似英文"e-doll-see"。"笃"略等于炖。这菜比寻常排骨炖笋多出来的，主要是个腌，也就是咸肉。江南人爱这个，一者吃了整冬的红烧蹄髈之类，闷得脑满肠肥，油脂如大衣裹满身躯，急待些清爽的，于是见了鲜笋就两眼放光；二者此物荤素连汤皆备，随便加个凉菜就够一大家人下饭了；三是这东西做起来不难：猪肉咸肉洗净，大火烧开，加点儿酒提香，慢火焖，加笋，开着锅盖等。手艺好的阿姨自有诸般火候控制，手艺没把握些的可以盐都不放，按时放肉放笋焖就罢了。这其实就有点借味的意思：咸肉在这里是个配料借味菜，取其岁月、盐与猪肉联合运作出来的醇浓的鲜。本来排骨炖笋好在清鲜，但终究淡薄，总得加味精与盐。但是加了咸肉，像新酒兑陈酒，一下子多层次多变化了。

浙江、广东、福建、四川都有扣肉（四川曰烧白），说来无非一个字：蒸。水汽氤氲，肉融脂化，浙江再加梅干菜，与肉的油脂相得益彰，终于达成完美化学反应，入口即化，甜香酥人。苏式红烧肉就是多水纯炖慢熬，一如苏轼对付猪肉的诀窍："待他自熟莫催他，火候足时他自美。"而我家乡无锡，最重红烧，所以对红烧肉最有爱好。无锡排骨传闻是济公传方子给南禅寺和尚的，秘诀无他，下五香八角酱糖够分量，然后慢慢煨就是了。江南年夜饭常例，平时日子再怎么穷，年夜饭要吃好，而且要管够。先冷盘，后热炒，再蔬菜，然后点心是白馒头就汤，最后来一大盘雄伟巍巍香酥入骨的红烧蹄髈。这蹄髈讲究要焖得入味酥烂，火候十足。肉汁香甜，得能拿来拌饭吃。

一年的心情，全仗这一盘蹄髈救应啦！

话说，我个人觉得最下饭的两样菜，都是猪肉：红烧肉，回锅肉。

苏轼早起也能吃两碗猪肉，我很佩服，却也不奇怪：毕竟他都能吃蜜豆腐，吃口重，怎么都行。

他写《猪肉赋》，做猪肉，说少放水，小火无焰，别催，等火候到了再说。

我先前总以为是他在黄州，调味料短缺，不得不如此。所以我自己做红烧肉，从来怕东西下得不够多：炒糖色、煎皮肉、加姜、下料酒、下酱油、放桂皮八角、搁冰糖，忙得不亦乐乎。

后来有段时候，调味料紧缺，冬日又懒，赶上晴天午后得闲，想，也可以按苏轼做法试试：懒得炒糖色、放桂皮八角之类了。

就放水，小火，别的不管。

猪肉洗净，冷水加姜，泡一刻。

大火煮沸，舀去血沫子；小火炖。

不催它，等火候到。

放老抽下去，接着炖。

初时有肉腥气——好像日本人特别讨厌这个，总说猪肉很臭，我倒觉得没啥——久而久之，没了。

出门一趟，吹了冬天的风；回屋里，觉得已有肉香，扎实浑厚，黏鼻子。

肉已半融，肥肉半透明，瘦肉莹润。

下了老抽，继续小火，又收一小时，下冰糖，开大火；冰糖融，汤汁黏稠，猪肉红亮夺目。

切了葱花撒下，真好：红香绿玉，怡红快绿——虽然我估计红烧肉这玩意，贾宝玉未必肯吃。

肉没有多样香气，纯粹酱香肉味。不好看，但算经吃。

汁留着，用来下新年第一碗面。

主要是，炖肉那一下午，满屋肉香。

肯定不如各色熏香高雅，但闻着有过年气氛。读着书，都觉得枯燥的文字有生活气息。

闻馋了，就夹一块先吃了。柔糯香浓，黏腻松滑。

一筷下去，肥肉瘦肉自动滑脱；入口自然解开。

我不算喜欢"入口即化"这词，又不是吃虎皮冻，入口即化就没嚼头了。

如此炖出的肉，还有点嚼头，只是纹理自然松脱，像是累了一天回家，脱了鞋子赖在沙发上那点劲头。

本来嘛，人累到这种时候，就要以形补形，靠吃点这么懒洋洋的肉,才能觉得生活幸福。

我第一次对回锅肉有深刻印象,是看《红岩》。宋春丽老师演的江姐带头绝食抗议,陈宝国老师演的徐鹏飞没辙,只好安排美食来诱惑:

"打牙祭打牙祭,白米饭回锅肉!"

和我一起看剧的外婆说,对对对,重庆人就该吃回锅肉!真有生活!

我们无锡也有馆子做回锅肉,一般和青蒜辣椒小炒肉没区别,还有店铺,往里头加豆腐干。

我后来当了重庆女婿,才发现重庆成都的回锅肉,比我们那里的回锅肉劲爽得多。选肉更精,切肉更薄,豆瓣酱当然更正宗,炒的火候更凶猛。出来的味道,脆浓得多。

为啥切得那么薄?我听两位老师傅说过不同说法。

一个说,回锅肉回锅肉,是祭肉回锅。祭肉白煮,就看刀工。供完了,回锅炒红。既对祖辈尽孝,又好吃。

又一个说,川菜以前有烤方——类似于烤乳猪——只吃皮,那么剩下的肉就做回锅肉,或者蒜泥白肉了,加个汤,就是一猪四吃。

我也不知道哪个是对的——好吃就好了。

我自己做,那就比较糙了:刀工差,切不了那么薄——有那刀工我就做蒜泥白肉了——但好在回锅肉有个炒的过程。所谓片片似灯碗,盏盏冒红光。大油大火,把油逼出来些,还好。

虽然做出来,其实也就是个豆瓣酱炒肉。

我寻思了一下,大概红烧肉和回锅肉是这样分的:

——如果一整个下午都空着,响晴白日,闲来无事,就焖上一锅红烧肉。一下午闻着肉香,晃晃荡荡。多加点水,焖一锅软软的米饭。肉铺在饭上,肉汁濡润,慢悠悠地吃,吃个入口即化的温软。吃完了肉,留着汁,下一顿可以浇在煮软的宽条面上,吸溜。

——如果已近黄昏,想来个急菜,回锅肉吧。大火急炒,香味凶辣扑鼻。煮一锅口味筋道的米饭,一口略焦脆的肉,一口饭,吃得人稀里哗啦。

回锅肉不像红烧肉那样多汁,但妙就妙在爽脆。而且不止用来配米饭好:面、馒头、饼,甚至烤到略焦泛甜的红薯,都好。

最后这个,搭配咸辣香脆的回锅肉,谁试谁知道。

夏天的味道

在江南，夏天最大的福利，莫过于吃西瓜。我小时候秋冬季，水果铺也有西瓜卖，但大家少买：一则贵，许多时候不是吃不起，只觉得不时不食，"造孽"；二是秋冬的西瓜，吃起来莫名地不甜不脆，红得也虚情假意，像小时候上台表演，被老师当脸猛抹一把的粉；三就是氛围，冬天吃西瓜，透着骄矜不合群，大家都会左右打量你，而且寒，吃着不舒服。

哪比得上大夏天，渴热之际，抱着价廉物美的西瓜大啃，酣畅淋漓，汁水横溢，痛快爽利。

我小时候，吃西瓜很是粗鲁：不爱切成一牙一牙，细密密摆开，再使白瓷盘端来。

托起好大个西瓜，就得粗切大斩，三五刀划开个样子，在木桌竹椅上、花棚葡萄架下、蚊香袅袅之间，大家抢起来吃，如大碗喝酒般痛快。吃得满嘴满手，还经常划拉到脸上去，彼此看，拍手大笑。

西瓜切两半更好，先使勺子挖中间甜的，渐次往边上捞。由红及绿，由甜浓到清淡。吃不过瘾的，就刨西瓜皮吃。但一个人吃西瓜，到底是太孤单了。

没有榨汁机的年代，若想喝西瓜汁，有个笨法子：西瓜切两半，拿勺子把里面的瓤儿一勺勺挖出来另搁盘里；挖到后来，半个瓜成了大碗，里面都是汁儿，倒出来，把瓜子滤掉，就是很清甜的西瓜汁，越靠近西瓜皮的西瓜汁越清爽解渴。当然，这么麻烦，也只有阿姨大妈们有心思折腾。小孩子，抱住半个西瓜一个勺，再不放手了。

那会儿有个动画片，大略讲小熊们懒，买完西瓜，不想扛回家，看西瓜是圆的，一路连推带踢，把它滚回了家。到家一开瓜，瓤尽化为汁水。我见此大悟，对我爸妈建议，可以使这法子制西瓜汁。他俩对视一眼，摇摇头：这孩子笨起来，真让人没法子。

我小时候，邻居一个孩子，比我更笨得无可救药。家里买了一大堆西瓜搁厨房里，满地翠绿——那时候家长都爱如此，一口气买一大堆瓜在家，瓜农也乐得不挨晒，卖时宁肯打些折送到家，收了钱就能回家啦；家长也乐得买，因为孩子暑假在家，随时能拿西瓜解渴，真忘了做饭，吃个西瓜就顶一天饿了——我在他家看连环画，他馋了，说要开个西瓜吃，到厨房里去了。我亲耳听见刀砍瓜的"咔嚓"一声，然后没动静了。良久，那位从厨房出来，满脸疑惑地问我：

"瓜瓤有白的吗？"

我进去看了眼：是一个冬瓜，被他切成两半，其中一半，瓜瓤上还缺了一小勺——被他吃了。

以我所见，西瓜解暑，一是确实水分充足、味道清甜，二在于其颜色：一片绿，看着就舒服。比如冬天，阳光淡薄，大家穿得厚实，吃东西很容易正襟危坐起来。繁复仪式和暖色调食物——比如红烧肉、过油的千层糕、暖红茶——特别让人舒适。相反，夏天阳光浓烈，正宜开轩面窗，看竹林杉木绿森森，喝碧沉沉凉过了的绿茶，简衣素行，不拘小节，听蝉声喝白粥吃小菜，最容易让人消暑热去郁烦了。

比如赤豆和绿豆熬了粥，味道都好，但到夏天，大家就是愿意喝清凉绿豆粥。晚饭时不煮米饭，一碗绿豆粥，再吃些家常小菜，也就过去了。

夏天煮粥，宜稀不宜稠，若非为了绿豆粥借绿豆那点子清凉，吃泡饭倒比粥还适宜。粥易入口好消化，但热着时吃，满额发汗；稠粥搁凉了吃，凝结黏稠，让人心头不快。泡饭是夏天最宜。江南所谓泡饭其实很偷懒，隔夜饭加点水一煮一拌就是了，饭粒分明，也清爽。医生警告说不宜消化，但比粥来得爽快也是真的。

夏末秋初,到螃蟹将来又未来,孩子们开始习惯性发馋时,江南阿妈们有种拿手菜,用来配稀饭吃,在我家乡,这菜叫作"蟹粉蛋"。说来无非是炒鸡蛋,但点石成金处是,蛋打开,蛋白蛋黄分开,分别加些香醋,配些姜末。炒功得当的话,嫩蛋清有蟹肉味,蛋黄味如蟹黄,其实都是醋和姜的功劳。搁凉之后,眯眼一看真以为是蟹,吃起来被姜醋二味哄过,可以多吃一碗凉泡饭呢。无锡这里,夏天生姜常见。大概是怕吃太冷,着了寒,消夜若喝黄酒,便会加姜丝和冰糖,配螺蛳吃。蒜泥白切肉,肉片好了,肥的韧,瘦的酥,蒜泥里也要姜末,味道略冲,但据说不会着了寒气。

我吃过的最清凉爽快的夏季拌菜,是西瓜皮。这本是江南人省钱的法门之一,比如哪家买了西瓜,一刀两半,把红瓜瓤儿剔去,剩了绿皮;把外层带纹路绿皮刮掉;剩下的瓜皮,剁片切丝,蘸酱油吃,像是拌莴苣,又比莴苣透着清新爽甜,实在妙绝。夏天还宜吃藕。脆藕炒毛豆,下泡饭吃。毛豆已经够脆,藕则脆得能嚼出"刺"的一声,明快。生藕切片,宜下酒。糯米糖藕,夏天吃略腻了些,还黏,但就粗绿茶,意外地相配。

我所见过最江南风味的下酒菜,出自金庸《书剑恩仇录》

里：玉如意勾引乾隆到家来吃宵夜，请他喝女贞绍酒，又端上肴肉、醉鸡、皮蛋、肉松来。这些菜宜酒宜茶，夏天下粥也可以：肴肉凝脂如水晶，妙在鲜韧而且凉，不腻；醉鸡比老母鸡汤易入口得多；皮蛋凉滑半透明，本已妙绝，再来个豆腐，浇好酱油，味道绝妙；肉松最为爽口。这些东西加一起做宵夜，好吃又雅。本来嘛，才子佳人夏天吃宵夜，先来个大肘子，相看两厌，真是不要谈了。

夏天除了吃，还得喝。家长们从小就教导孩子：平时多喝水，别渴上来再找冰镇酸梅汤咕嘟咕嘟猛灌，伤胃！夏天最解渴的是凉白开。但以前没饮用水时，白开水烧滚之后奇烫，不易凉。最后，不是等凉的，而是忘凉的。小孩子热情来去如潮水，发现白开水搁凉费时良久，就生气，搁下跑一边去，转头就忘了。总得山重水复之后，回来看见搪瓷杯，这才想起来：噢，刚才还搁了凉白开呢！这才想起热来，这才想起渴来。搁凉白开水的手段：拿两个搪瓷杯，把水来回倒，边倒边吹气；要不就是接一脸盆的自来水，把搪瓷杯浸在里头。后来读了《红楼梦》，才发现大观园里也用这法子：把茶壶搁井水里，湃着，取一点井水的凉意。

《水浒传》里面，杨志送生辰纲，大夏天，逼军汉们大热天走，也难怪军汉们生气。黄泥冈上，白胜叫卖两桶酒。中国元朝之前无蒸馏酒，如此料来，那酒该是村酿，大概类似于醪糟的味道。众军汉凑钱喝酒，还被晁盖一伙饶了几个枣子吃。那段儿是《水浒传》全书中我所见最温馨的场面：虽然意在下蒙汗药盗生辰纲，可是军汉们一路挨鞭子晒日头，在黄泥冈上终于能躺一躺，买来了酒解渴，还吃着枣子，那几个贩枣子的客人还那么温柔，"都是行路人，哪争几个枣子？"这份情怀，哪怕晁盖们当场鼓动"要不我们一起分了生辰纲，再把这桶酒和这几车枣子吃了"，估计军汉们也肯了。

大夏天喝醪糟有多美妙？重庆、四川、贵州，到夏天都有冰粉卖，我在重庆所见的铺子，多一点花样，可以加凉虾和西米露，再加红糖和醪糟。我经常跟老板娘说，免去其他，直接来碗冰镇醪糟。端着碗，刺溜吸一口，甜而又冰，满嘴冰凉，又甜，又有醪糟那股子酒味，杀舌头，让你不觉就嘴发咝咝声，略痛略快，太阳穴都冰得发痛，这才叫作真痛快。然后徐徐喝第三口、第四口，咕咚咚下肚，满嘴甜刺刺的，于是大叫：

老板娘，再来一碗！

夏天的第一口冰啤酒

法国有位菲利普·德朗先生,写过一本《第一口啤酒的滋味》,描述属于他的细微美学,甚至提到了"之后的每一口,都是为了忘记第一口"。

我就没想那么多。对我而言,第一口啤酒的滋味,甚至不太重要。在夏天,重要的是第一口冰饮的感觉——冰可乐也好,冰气泡水也好,冰镇白葡萄酒也好。

当然,冰啤酒最好。

我以前爱喝冰可乐,后来发现不大妙。冰可乐入口很棒,很甜,很快乐。但太虚浮了。大量气泡产生,口味又甜,会让人觉得远水不解近渴。你明明喝到了凉意与甜美,但并不解渴。实际上,喝完一罐可乐,你会觉得自己喝了许多东西——但渴意似乎并没有解除。好像那一罐液体只给你一种虚空的安慰,并没有真正解决问题。

冰气泡水有种不太甜美的余韵——不习惯的人可以加一点柠檬。而冰啤酒,哪怕是劣酒,也有点粗粝刺人的苦味。

这份轻微的灼刺感，在冰镇后喝来，意外地让人舒适。

喝几大口可乐，你会想停下来休息；冰气泡水或冰啤酒，因为这份灼刺，你会想无休止地喝下去，用新的这一口来抚平前一口的苦味。

直到喝完，直到冰凉浸透你的口腔，你鼻腔吸气都觉得清爽许多，你的太阳穴开始有种让人晕眩的刺痛。

重要的不是滋味，是能让你一口气喝下去的快乐。

在阳光明亮的夏季，白沙滩般的街道反射得你眼睛都睁不开。这时你会想钻进一处有阴影的室内，看着玻璃长窗外的街道。明绿色的树荫眼看要烧起来了。你看着街上躺着的狗儿都感同身受地与它一起感到炎热。明明室内灯火通明，你却只觉得室内一片幽暗——因为窗外的阳光太灼热了。

这时候，你就只会想要一杯冰气泡水，或者一杯冰啤酒。

你只想要一杯最简单的啤酒，只要冰得透了，冰得简直没味道也无所谓，只要那点清爽的苦味能刺激你的口腔，让你脊背发凉、鸡皮疙瘩林立。不用太在意麦香或果味，只要先过了这一口再说。这一口就源源不断，咕嘟咕嘟，直到你半张着嘴，大大地呼一口气——呼——这是最后的仪式：是已经和啤酒合二为一的你，对夏天发出的宣战口号：来吧，再热我也不怕了！

你的大脑仿佛整个降温了。你的身体还在与酷暑做斗争,你的意识却已经冷静甚至冷酷了。喝冰可乐会让人有扶摇直上的快乐,喝冰啤酒会让人喘过一口气后,依然在原地——你只是从昏聩的酷暑里解脱出来了。

这就是第一口冰啤酒。甚至不需要滋味,只需要是冰的,是啤酒,就行。

古龙在《多情剑客无情剑》里说过句话,大概意思是:再糟糕的茶,只要是滚烫的,就能喝得下去。滚烫的茶就像年轻的女孩子,总不会让人不喜欢。

借他这句话,我也可以说:啤酒只要是冰冷的,总是好的。

一碗阳春面？一碗荞麦面

不知道现在的孩子要不要学了。

我们那会儿读书，选读课文里有一篇《一碗阳春面》。

——现在想起来，译者很可能是江南人。因为阳春面的说法，在江南流行。我的广东与吉林朋友，听到阳春面这说法，都要愣一愣。

我小时候，总觉得阳春面只是说个好听。我乡下亲戚上面馆，老人家会稍微摆摆架势，"阳春面！"年轻一点的，一挥手，"光面！"上来的是同一碗面。我想：大概阳春面就是光面？

但我外婆教育我，"不是格！"

按照我外婆的说法，阳春面虽然没有配菜，但也不能是光面。白水煮了面，那是光面。白水煮面，加点青菜，炖到烂熟，小碗里稀里呼噜吃，那是烂糊面。阳春面，那起码应该有好汤底，有葱花，有猪油，有一点蛋皮——就像馄饨汤里应该有干丝似的。如果葱花不新脆,汤底不鲜美,就会显得老板不地道。

大概在我外婆那代人标准里,光面就是蓬头垢面不梳妆,阳春面虽不涂脂抹粉,但也得拾掇得干干净净,清水出芙蓉,天然去雕饰。

我爸就更讲究些。阳春三月,到店里:"阳春面!"为什么呢?江南春短,但惯例有个暴暖时节。那几天,阳光热烈,百花盛开,菜市场也上了新蔬菜。冬天的浇头浓油赤酱,肥腻了,吃不下去;阳春面,"多撒葱花!"吃个轻快,吃个汤头葱花香。

当然,入秋也能吃阳春面。我爸跟我们那里一位老先生学了,阳春面,浇头单叫。老先生吃面很有讲究,教导我,"苏州人以前,再穷,要早起去吃碗头汤面,清爽。"说阳春面,"像梳好的头发,清清爽爽。"说浇头,"好像首饰,你全都浇在面里头,就像首饰戴满头,就乱了,又不是新娘子结婚!"一口面,一口鸭肉(肥肠、焖肉、肴肉),"阳春面和浇头的味道,我都吃得到。"对白汤的这点执着,就是我们对阳春面的执着了。

后来我去看了《一碗阳春面》的原文,《一杯のかけそば》——嗯,《一碗荞麦面》,好吧……

确切说，是荞麦汤面。日本人冬天惯吃荞麦汤面，还有所谓年越荞麦面，就是过年荞麦面的意思。

日本吃面的汤，大致差不离。汤头惯例得是昆布和鲣节刨木鱼花，取其鲜味；好些的地方，为了怕味道混，会将昆布在水里过一下，木鱼花也是烫过便捞起。汤底则看情况，酱油、盐、味噌或自家做的酱料，都有。一般都说豚骨味汤一脉，最初源自九州——猪骨熬久了，汤头浓白厚润，易于调制。加酱油、调味噌，随心所欲。博多人制汤，用来做杂煮和拉面时，还爱用晒干后的烤鱼来炖。关东尤其是东京人，会以豚骨汤头加酱油自豪，但大阪人一般会吐槽关东人口味太浓酱油太多。北海道的面汤，用猪肉和猪骨就不少，还喜欢加裙带菜。

但荞麦汤面，在我看来，终究不是首选。一是荞麦面颜色不太好看，在汤里也不太妙；二来荞麦面口感清素，汤面其实用乌冬面或拉面更适宜。中国西北吃荞麦面多以拌面或炸酱面为主，那就好得多了。

但荞麦冷面，那是另一回事。

荞麦面煮熟了，笊篱捞起，冲冷，搭配酱料吃绝佳。巴黎有家日本荞麦面馆，老板绘声绘色跟我描述过：最好的酱料，应该是酱油和砂糖多少多少比例，搭配昆布鲣节汤头，焖煮，自然冷却；再焖煮，然后窖藏起来三个星期到一个月。吃时，可以直接蘸吃，也可以加葱。如果是夏天，加一点山葵也没关系。因为夏天荞麦面，往往是前一年秋天收获的了，颜色灰扑扑；浓甜黑的酱，绿色葱花和山葵，看着很是醒目。

我曾跟上海朋友们说起过夏日冷荞麦面的乐趣，朋友问是否接近于上海人夏天吃的凉拌三丝面，我想了想，还是有区别。

中国的凉面柔软细腻，夏天加了三丝配醋，吃着比荞麦面味道丰富，也热闹。如果再有白切鸡，更好。

日本荞麦面则更多是清爽到利口的感觉，吃个呼溜溜的劲头。当然，两者共同特点，大概就是够凉。

村上春树曾举了个例子：日本人吃笊篱荞麦面，大概就像美国人吃凯撒沙拉似的——这个例子很到位。夏天吃面，图的那份清爽感，大概就是这么回事吧。

最好吃的面

最好吃的面是什么样的？

问题到最后，很容易变为情怀慨叹。大家都会觉得自家的最好，而且好得有理由：

山西的诸位对刀削面、扯面、揪面、猫耳朵、拨鱼都能说出道道。江南人尤其苏州人会大谈宽汤紧汤免青加青过桥压底和焖肉爆鳝笋丝大虾等无数浇头。重庆小面几十样佐料我都报不齐。陕西油泼辣子面刺啦一声响，胜过千言万语。

我也可以来个贯口，那最好吃的面就是——北京蒸面宜宾燃面河南烩面油泼辣子面裤带面岐山臊子面兰州拉面羊肉臊子面羊肉小揪面野生蘑菇面搓面炒疙瘩生汆面热干面葱油拌面碱水面焖面饸饹三鲜皮肚面羊肉面太和板面新疆拌面山西河捞抿曲刀削面鱼香拌面麻酱拌面东台鱼汤面朝鲜冷面海鲜面沙县拌面闽南面线糊四川凉面东北手擀面和龙面浆水面福建粿条面面片炮仗阳春面肠旺面莜面蘸水面长鱼面丁丁炒面鲜虾云吞面面线糊蚵仔面线扁豆焖面削筋面厦门沙茶面酸汤面砂锅面浆面条台州姜汁面太和羊肉拌面大连蚬子面云南卤面自家外婆的炒面自家妈妈的汤面自己宿舍的泡面等等等等……

我试图从另一个角度思考：
面＋蛋白质＋酸＋辣＋葱蒜＋油＋豆制品／海产品／动物骨／菌菇的汤酱。
世上大多数好吃的面，都会遵循，或部分遵循，上面这个公式。

有些面本身有很好的香味，比如新鲜荞麦面，比如莜面窝窝。但大多数面，还是需要有酱的——我有朋友说，像河北有些地方乡村不太发达，可能莜面窝窝＋面酱就吃了，还是很香。

蛋白质是人体的天然需求。许多人吃面，都得有点肉就着：广东牛腩面，北京羊肉打卤面，镇江鳝糊面，杭州虾爆鳝和片儿川里的肉丝，担担面和岐山臊子面都要有肉臊子。
哪怕在家里吃个面，没啥料，大家都觉得打个鸡蛋、切几片火腿肠，有点肉头的感觉，这才吃得踏实吧？不然，太素了！

酸味很重要。因为面味道平衡，却容易淡，酸味带有挑逗性。这一点，山西的诸位最有心得：吃面不就醋，那可还行？东南亚的冬阴功汤面，广西的老友面，贵州吃面要加酸豆角，陕西的酸汤面不提，岐山臊子面的酸汤，包括泡面里最红的酸菜泡面，啧啧啧。和意大利人吃面爱配番茄酱，一个道理。

辣和酸是相辅相成的。重庆小面里面油辣子海椒花椒面。陕西油泼辣子面，滚油把辣味激醒才像话。我们无锡人吃辣不算厉害，但冬天跑长途车的司机吃红烧大肠面："红汤辣！"吃得稀里呼噜嘴里喷火才过瘾。

有些辣不显，但其实存在：比如热干面里的辣萝卜，辣味不重，但如果少了，空对着一碗面+芝麻酱，是不是少点啥？

葱蒜就更不用说了。吃面不就蒜，好比杀人不见血。中国北方吃面就蒜不提。日本东北的拉面许多是要加辣葱的，厚墩墩盖住面才像话。法国南部和意大利吃面，大蒜+橄榄油是标配，大仲马说普罗旺斯最好的就是"健康迷人的大蒜气味"。口味再清淡的人，吃面都需要葱蒜。

油。日本东北的拉面许多要用猪背油才对。油泼辣子面把油字都放名字里了。据说梅兰芳先生爱吃打卤面里加点鸭油。

好的油有香味。热干面的香味其实来自芝麻酱，与香油是一体同源。许多人爱吃炒面，其实就是吃个油香；炒面与河粉，说白了，就是美味在面表层产生的美拉德效应。

豆制品/海产品/动物骨/菌菇，就是取个鲜味了。我们说鲜味，其实是在说谷氨酸。肌氨酸和鸟苷酸等等。鸟苷酸菌菇类里头多；肌苷酸鸡肉里头多。东方人爱吃豆制品的鲜（酱油），欧洲人爱吃海产品或乳酪产品的鲜；大家都爱吃菌菇，都爱用动物骨头熬汤取鲜味——法国人做汤头用小牛骨，日本京都熬拉面汤头用鸡喉骨，异曲同工。

所以咯：
面+蛋白质+酸+辣+葱蒜+油+豆制品/海产品/动物骨/菌菇的汤酱。
蛋白质可以指代一切肉或蛋类。酸辣可以指代一切酸汤腌酸辣椒类。油可以指代橄榄油猪油芝麻油等一切油类。鲜味物质基本是豆制品／海产品／动物骨／菌菇。

大多数人爱吃的面，或多或少都会遵循这个公式。

老电视剧《我爱我家》里，民间艺人和平的妈妈有过一段话，描述老北京人民最家常的一碗面了：

"打卤面不费事，弄点肉末打俩鸡蛋，搁点黄花木耳、香菇青蒜，使油这么一过，使芡这么一勾，出锅的时候放上点葱姜，再撒上点香油，齐活了！"

分解一下：
肉末和鸡蛋 = 蛋白质。
黄花木耳香菇青蒜 = 葱蒜的香味 + 菌菇的鲜味 + 浇头。
为什么特意用青蒜？为了那点辣味。
过油和香油，都是为了那点香味。
您看，就是面 + 蛋白质 + 酸辣 + 葱蒜 + 油 + 鲜味物质嘛！
最朴素的劳动人民，也会不自觉地按着这模式搭配。

当然，到最后，每个人说起自己最爱的那碗面时，除了本能的热爱，很容易加上对当时情境的追念——在自己最快乐的时光或者最饥饿的时光，或者跟谁一起吃了一碗面，所以念念不忘——就加上了时光感怀,就很容易变成"那是我吃过的最好的一碗面"了——所以大家很容易说,最好吃的面是"家里吃的一碗面",因为家里下面吃,若非在跟自己中意的谁一起吃,要不就是下的料足,所以格外难忘。

更常见的情形是:先前实在饿极了,所以觉得那碗面格外好吃——许多人回忆大学生活,都会提到夜间宿舍里打完游戏后的一碗泡面,就是这个道理。

各人喜欢的面千奇百怪,也都很好吃,但最终的方向是殊途同归的。回忆最好吃的那碗面时,大家都很容易想到第一口面的香味,以及吃饱之后的幸福感,然而那种幸福感,其实是因为人类饿了的时候,本能就会狂热追求碳水+蛋白质+酸辣+葱蒜+油+鲜味物质——所以说,满足了身体需求,才有心思追念幸福啊!

世上有什么东西，是烤不好吃的么？

土耳其的许多东西，并非土耳其自产。比如土耳其浴本是罗马人的习惯。而土耳其烤肉，追根溯源，是希腊人发明的。《伊利亚特》里，希腊各位国王英雄们都在祭祀时吃烤肉：扳起祭畜的头颅，割断它们的喉管，剥了皮，剔了腿肉，用油脂包裹腿骨，包两层，把小块的生肉搁在上面，由老人把肉包放在劈开的木块上焚烤，洒上闪亮的醇酒。年轻人则握着五指尖叉，把所剩的肉切成小块，用叉子挑起来仔细炙烤后再吃。祭祀完神后，英雄们自己吃。

土耳其旋转烤肉 Doner kebab，现在在欧洲流行。抹足中东香料，随转随烤随割。所以每一片下来的肉都火候扎实、味道鲜美，只是容易腻。所以懂行的烤肉馆子会放上自制酸奶酱，再聪明一点的会自制泡菜：烤肉吃腻了得清口，颇类似于中国人吃烤肉就蒜，日本人吃了寿司用姜片涮嘴。

东亚系的烤肉与希腊烤肉颇有类似处。韩国烤肉看来粗犷，其实很有讲究。好的韩国烤肉讲究五花带骨，对猪牛自己身体条件考验颇大。肉也不是上火愣烤的：三层肉切薄，下韩国老式的法酒搅拌，加酱油和糖——最好是麦芽糖——然后葱蒜白芝麻和芝麻油一起上，大力搅拌入味。年轻人喜欢搅拌完直接烤，老人家有信奉要这么腌三天的。烤自然不用提。烤了之后，就是生菜卷来吃了，讲究点的韩国人另有蘸酱：苹果、柑橘、柠檬汁，取其清爽。但我真见过就着酸甜汁和大蒜一起吃的。

日本人烤肉最流行的是烧鸟yakitori。说来也就是鸡肉串好，抹甜酱油来烤；讲究一点的做法，是鸡肉用日本酒与盐先腌过，再上自家酱料，为免油腻，酱料里有放山葵的，烤完后有下葱白的。

烤鳗鱼是日本国技，说来神乎其神，连切带串都要学几年，烤更是要学一辈子。说来也不易：鳗鱼滑溜溜，关西和关东切开方式还不同——因为某些老日本人忌讳，觉得切鳗鱼仿佛剖腹，不吉利——切开串好，上了酱汁，烤。这里就体现出烤的妙处了。

先头说土耳其人旋转烤肉，现在改得文明健康了，都用发热电炉焖烤；年轻人觉得健康卫生，老年人大叹失了旧风俗。我以前不懂，后来懂了。电炉焖烤，仿佛焖炉烤鸭，香，但不脆；烤肉需要见了明火，表面才有美拉德效应的焦脆感，别有风味。日本人用炭火烤鳗鱼，鳗鱼脂肪融化滴落炭火，再被蒸发回来，如此循环，除了烤味，还有熏味，味道格外微妙。明火烤的鳗鱼配山椒与白饭，味道极鲜明丰满，又好过一般的烤肉。

意大利人似乎对明火烤格外在意。各色意大利馆子都会在菜单上标明"木柴炉烤"，恨不得请你去厨房看一眼木柴才罢。意大利乡下菜的确仰仗木柴：烤鱼，有明火和木柴，可以烤出焦脆的鱼皮，鱼肉也炙得入味，紧实鲜美；烤比萨，是木柴烤的天然高人一等，大可以鄙夷一般的比萨软绵厚实，大而无当；木柴烤的薄而精致，脆香入骨。

欧洲人吃牛排，口味大多偏生。法国人吃鸭子、吃兔子，酱料里有鸭血或兔血才够深度。

我在佛罗伦萨吃过一次大T骨牛排，才懂其中妙处。表面明火烤得乌黑，一刀下去，只见肉被烤到分层，黑灰白红，五彩缤纷。外头香脆，下一层柔韧；再下头还渗血丝，肉汁与鲜味都被锁住，难以言表的深邃。

中国人对这种烤法有点敏感，却也难怪。毕竟东西方人对蛋白质代谢方式不大一样，吃了容易闹肚子；而且中国人烤肉时下料比欧洲人凶猛，大概觉得不下猛料压不住肉本身的腥膻。《红楼梦》里林黛玉看史湘云们策划烤鹿肉，只敢嗤嗤笑；我跟法国人说这故事，他们也理解，"鹿味道确实太重了，一般女孩子都受不住！"

但肉其实别有烤法。巴黎共和国广场附近有一家馆子叫"Melt"，据说是个比利时人和一个德克萨斯人合开的，里头做法很是奇怪：吹嘘自家牛排是花十小时烤的，最长可以烤十五小时。广东老火汤炖十五个小时我是信的，肉烤上十五小时还能吃么？——我去吃了，还真行：火候把握得好，肉是正正经经被烤得酥烂，不用刀，用叉子一撕就开，真正入口即化。脂肪厚的金枪鱼刺身与烤到透的牛肉，生熟两个极端，但入口即化的这点黯然销魂感，那是差不多的。老板说起来很得意：

"世界上没什么东西是烤不好吃的！——不好吃，那主要是烤的方法不对！"

生活不过是一碗米饭的味道

小时候,家里尚无电饭锅的年代,爸妈教做饭,水深、火候,谆谆不止。江南的米饭大多是煮成的,煮时宁肯放多些水。因为水多了,最多饭软糯些;水少了,不免成了夹生饭——这东西只有评书里那些随时吞十斤烙饼、肠胃仿佛不锈钢的好汉爱吃。

到后来有了电饭锅,做饭成了傻瓜工艺,淘米之后一按键便是。还可拿去学校博得"会做家务的好孩子"之美名。

我吃惯了煮白米饭,看《红楼梦》里有华丽的"绿畦香稻粳米饭",很馋。又听朋友说,北方有些地方做饭,是煮米半熟,上笼蒸好,饭粒散,米汁仍在,所以香美——这些于我而说,简直是神话了。

因为米饭易得,所以吃时不经心;只有小学里听老师说"米饭里是有糖的",中午去食堂,菜都不要,单要一碗饭,细嚼慢咽,猪八戒二吃人参果似的细品。果然吃慢一点,米饭就不淡了,是甜的。

五色令人盲，五味令舌钝。长大之后，太多日常馆子都宣扬"每人奉送米饭一碗"，米饭的位置说轻不轻，说重不重。许多馆子做得来好菜，但店里卖的米饭，都有点食堂大锅饭味儿：大概煮饭师傅也知道，细心吃米饭的人少了。

可是米饭本身，应该是很可以下番功夫的。

比如扬州炒饭，或是西北的酸菜炒米，要做得好吃，得隔夜饭：水分更少，这才炒得透，有嚼头。

而无锡常州一带的咸肉菜饭，煮饭时关键就是三个字：多加水。倘不如此，饭就焖不透。

广东煲仔饭要做好，得从选米开始：米纤长则好吃，而且煲仔饭的精华——焦香扑鼻油浓酥脆的锅巴——也排列华丽、凝结不散。

茶泡饭的饭粒也得软硬适度，太松散则茶汤成了淘米水，太硬了韧而滑不好吃。

意大利人做烩饭，西班牙人做海鲜饭，饭都不能煮透，略半生，带脆味。

希腊馆子里有种东西，我没记下名字，音似乎读作"多马塔尼亚"，端上来，是葡萄叶子裹着米饭和绞肉，有些像粽子。

日本的怀石料理，可以简单也可以朴素。最朴素的怀石料理三菜一汤，但茶会里会配合料理和茶。江户时期的传闻，说靠谱的怀石料理要上四次米饭。第一次米饭水嫩；第二次米饭就软黏黏的；第三次，米饭里的水分已经收干，饱满柔韧；到第四次，米饭就略焦，带香脆味道了。

一碗米饭，也可以很讲究的。

我妈现在还秉持着老例。一顿饭酒肉蔬，不管吃得多饱，都要求"必须吃碗米饭，两勺都行"。老一辈人自有一套理论，觉得米饭有谷气，通地气，吃下去养胃。人肯吃米饭，就是守得淡，不忘本。

我后来想想，米饭是淡，但若世上没了米饭，那么咸菜、麻婆豆腐、梅菜扣肉们的妙处，也就打了折扣。吃火锅喝凉茶、喝酒就花生、酸菜解白肉之腻，一切好吃，都是味道对比映衬出来的。白饭的缺点是淡而无味，好汉们不免"嘴里淡出个鸟来"。但当五味杂陈时，米饭是最好的中和剂：一切的浓滋味，都得靠它来承担。

香港老电影里，喜欢把老婆叫煮饭婆。再风云呼啸的大佬，最后都得回家，和曾经风华绝代如今徐娘半老的煮饭婆坐一桌。小碟小盘的菜，一小碗米饭，吃。

徐克的电影《满汉全席》里，钟镇涛演海内第一厨师，做满汉全席随心所欲，最后还是和他那生意场上山珍海味的太太，坐在一小桌旁吃米饭。

《食神》里唐牛的佛跳墙输给了周星驰的黯然销魂饭——也不过是叉烧荷包蛋饭罢了。米饭在这时，就带了象征意义：一碗米饭，乃是人生最后也是最初的寄托：万事最后不免风云过眼，不免看淡。也因为世上有了淡的底子，一切菜才有了滋味。

要领略一份好米饭的味道是最简单的事：远离厚味大菜、麻辣咸香，稍微饿一两顿。

到午夜时分饿上来时，去厨房，在外面夏虫鸣叫声里，扒拉一碗米饭。然后：你可以拿热茶泡了之后撒点梅干，你可以拿点儿酱——不管是肉酱、鳗鱼酱、豆瓣酱、辣椒酱——来拌一拌，你可以像江南农家那样，直接拿猪油一拌，再下一点酱油；你也可以什么都不就，就夹一点儿小咸菜，然后拿双筷子慢慢扒拉饭粒，一口口嚼，就像小时候相信"只要用心嚼，米饭是甜的"那样嚼。

到最后，一碗米饭，其实还是会在淡里头，沁出甜香暖和来的。

不如饮美酒，被服纨与素

不同的地方，喝酒的风范真是不太一样。在巴黎过圣诞节，我和几个中国同学说要喝酒聊天，拉人来凑热闹，一个俄罗斯女同学听了，喜动颜色。当天晚上，我们围着自家的吧台，打开一瓶甜白葡萄酒，各斟半杯，正且饮且聊，突然传来兴冲冲的敲门声。

开门时，见那俄罗斯女同学背个压弯了腰的大包，忍者神龟般杀进来。拉开包的拉链：伏特加、葡萄酒、梨子酒、苹果酒、各类果汁、啤酒、杜松子酒、朗姆酒，还有一包波兰菜馅大饺子。她抬头看看吧台那孤零零一瓶酒，满脸疑惑：

"你们不是要喝酒吗？"

各人心里，酒和酒又不一样。比如我外婆生前，就觉得酒只分两种：凶的，不凶的——凶的是蒸馏酒，不凶的是酿造酒。

我妈则认为酒该这么分：南方人喝的，北方人喝的——对北方人的酒量，我们江南的老一代深为敬畏，谈之色变，平时饮宴，南方朋友叫板，任怎么喝都奉陪；遇到北方朋友，

上桌前先给人告个罪,才敢动杯子,还经常叮嘱我们别和北方人喝酒:

"一过扬子江,酒量不一样!"

我叔叔当年结婚,场院里摆酒席,杀翻两头猪,请遍同僚;三位山东来的同事,只坐在角落里,微笑,喝酒。本地无锡小伙子,年轻气盛,能对着啤酒瓶吹喇叭,就觉得自己有本事了,举着啤酒瓶,上前去挑事:

"听说北方朋友能喝,咱们干一个?"

山东老乡摇头:"不要了吧……"

无锡小伙子不肯饶:"不行不行,大喜的日子!"

山东老乡三四番推不过,于是来了句:

"我们不习惯喝黄酒和啤酒,这样吧,你们诸位喝啤酒、黄酒随便,我们陪着喝白酒,如何?"

结果是:等猪头肉上桌时,无锡小伙子全被啤酒干倒了;山东老乡稳如泰山,继续一杯一杯,喝水似的抿着白酒——这酒量!

那几位山东老乡喝不惯的黄酒,在江浙这里,是老一代的命根子。好黄酒使稻米酿就,没蒸馏,甜软香糯,易于入口,明清时叫作南酒。《金瓶梅》里,西门庆经常送人一坛南酒,四样小菜,算一顿了;传说曹雪芹念叨:"有人欲读我书不难，日以南酒烧鸭饷我，我即为之作书。"南酒烧鸭，是很南京式的吃法。

《红楼梦》里，写过无锡的惠泉酒，王熙凤请嬷嬷吃。后来太君请刘姥姥时，刘姥姥也喝黄酒，不怕过量，"横竖这酒蜜水儿似的！"——就是个甜。

我父亲那辈江南人喝黄酒，四季不能离手。夏天晚上，街边小店，冷黄酒下点儿冰糖姜丝，叫一盘炒螺蛳一盘炒韭黄，兄弟们就能敞开聊；到冬天，主妇们都要骂："黄酒不能冷喝！——烫热了喝！"讲究些的，把黄酒壶搁热水里；图痛快的，就用铫子搁灶上，黄酒热得满屋飘香，大老爷们乐颠颠跑去，抿一口，眯着眼，嘴里发咝咝声，美得很。

余华《许三观卖血记》里，每次许三观卖完血，就去酒店，很仪式化的：炒猪肝，黄酒温一温——在那年代，这就是最受用的事了。

我爷爷，晚年住在乡下，就喜欢春、夏、秋吃饭时，把小圆桌支在门口，蹲在凳上，头顶着樟树、夕阳和虫声，刺溜溜，一口口抿黄酒，跟邻居聊；平时耳朵听不见，喝了几口黄酒，就听得见了。

葡萄酒其实可算是欧洲的南酒：属酿造酒，未蒸馏。欧洲人和中国人有一点略相似：越是靠南方，喝酒口越甜。法国南部的甜白葡萄酒，北边诺曼底人喝着要皱眉，嫌腻；但法国人到了葡萄牙波尔图乃至马德拉，又觉得那里的酒甜得不正经。欧洲南部嫌普通葡萄酒不够劲，爱制加强型酒：趁酒发酵时加酒精，逼停了发酵，保留了糖分，比如葡萄牙波尔图的波特酒。杜罗河上有路易一世大桥，桥两边河岸，酒窖横罗一气，还有些古酒窖会保留前代壁画：古代欧洲人的贵腐葡萄酒，是要靠大家勾肩搭背，使脚去踩的！当然到现在，也还是有些酒庄会使这手段——题外话，日本人制味噌的传统法子，其实也是使脚踩，唯如此才能糅混得均匀——虽然看着不舒服，但效果确实好：

波特酒极好喝，不小心就喝醉了。当地人自吹波尔图水土好：土地有沙层，葡萄根扎得深，又有阳光和风，葡萄和酒都格外甜。

欧洲迷葡萄酒的人，真可以为了一种酒死去活来。我认识一位住在巴黎的比利时人，平日只喝比利时的啤酒，不爱喝葡萄酒，嫌甜，嫌涩。某冬天，去一次超市，买了鹅肝和超市推荐搭配的白葡萄酒：是居朗松产区一个无名酒庄的新酒，既不著名，又不醇厚，可是果香莹润、入口甜浓、色彩金黄，于是他一头栽进去，再不肯喝其他酒了。可恨那酒庄小，超市进货有限，只有五瓶，都被他席卷一空；不到两周，喝完了，如丧考妣，茶饭不思，人都瘦了。

到了开春，请个假，坐了车就赶去居朗松，回来时提了一箱，满面春风："我又能活了！"这回喝起来，小心翼翼；有一次请我去聊天，倒了一杯；我喝一口：这瓶酒开了之后，搁了些时间，酒味都变了，除了果香，还泛糖药水味道；跟他说，不妨喝快点儿，何必这么惜酒如金，他也委屈：

"我就这么一点儿，喝完了，以后怎么办？！"

中国白酒、伏特加、威士忌、白兰地、朗姆酒，包括韩国的烧酒，都算蒸馏酒，都凶烈。我小时候不懂，听说朗姆酒是甘蔗酿的，想一定甜得很；喝一口，其烈如火，满嘴如刀割，愤而罢喝，心想这有什么好喝的？——到了解酒精的好处，是后来的事了。

酒鬼的世界，外人无法理解。对普通爱好者来说，威士忌、伏特加、朗姆酒们得调，调得容易入口，才好喝。可对酒鬼们而言，这就是暴殄天物：我看过一些苏格兰人写的论述，会为威士忌加不加水大吵起来；对烈性酒钟爱的，会觉得威士忌里加水或冰，其罪大过打老婆。

伏特加眼下正占领世界，其妙处何在？我跟一位爱喝伏特加的法国同学聊，他的答案：纯粹。

伏特加的味道很纯粹：所以你可以往里面无限乱兑，不用怕兑威士忌似的遮盖了烟熏味儿。不兑，味道也行，扬脖子就喝，香、甜、辣，都在里面。

喝惯中国白酒的人，对伏特加这种"入口醇柔，下去就有"的感觉，一定会心不远。我爸喝惯白酒后，觉得黄酒和葡萄酒只是饮料，"小孩子喝的东西"。

以前有位辽宁营口来的姑娘到上海找我玩，我请她去东北人开的饺子馆吃午饭：她吃了两个白菜羊肉馅儿饺子，停了筷，眼愣怔，"缺点儿啥。"我问她："馅不对吗？""不是。"扬手叫老板，"先给我来点蒜，再来瓶二锅头！"蒜来了，剥开啃一口；开了二锅头瓶子，喝了一大口酒，脖子梗了梗，眼眉一下就软了，笑意尽在眼角荡漾，"这就对了。"

她请我喝一口，我却情不过，也来了一口，就觉得大脑里闪了个鞭炮，咚一声晕乎乎，不由自主就笑起来："好喝！"然后话匣子就跟笑意似的，打开合不上，哗啦啦的。就蒜，就酒，纯素馅儿的饺子都格外香而有味。

啤酒论该是麦芽酿的，历史书说典出美索不达米亚平原，延至埃及：修金字塔的诸位就喝啤酒抵抗烈日，克里奥帕特拉女王还用啤酒来洗脸。但那会儿的啤酒没有啤酒花，太甜了。直到啤酒花加进去，才苦中带香，清新爽冽。

荷兰人17世纪，喝啤酒多过喝水：因为他们填海造陆，跟海水抢土地,淡水太稀有了,反而是进口啤酒,还便宜些。荷兰周边,德国、比利时都产好啤酒,古代最好的啤酒和葡萄酒都出自修道院。我有位法国老师,每次聊到中世纪宗教史,总忘不了补这一段,补完了就慨叹,觉得中世纪教士真会享福。

我曾去青岛玩儿,黄昏向晚,沿东海路走,买罐啤酒,看见有卖烤鱿鱼的铺子——青岛遍地都卖烤鱿鱼——就买一堆;因还没到中夜,生意还没到最红火时,膀大腰圆的老板也闲着,就摸出一塑料袋啤酒来,自己喝一口,问我:"要不要?"我给吓着了,说我喝罐装的就成;老板点头,于是又豪迈地咕咚了好大一口,圆起腮帮漱了漱口。

想来在那里等生意,也闷;这么咚咚咚喝几口,心便开了。

我有位长辈,贵州人,极能喝酒,至今在他们朋友圈里,都流传着"你可不知道他当年多能喝"的传说,配以"可惜他现在不怎么喝了,想当年,嗐"的叹惋;但他老人家跟我说,他也遇到过那么一回,道高一尺,魔高一丈,被人给降了。

话说他陪一位少数民族朋友,开车去广西的山里村寨探亲。那地方天高皇帝远,当地人胸襟豪迈,热情好客,见有客人来,便大喜。让他们把车停在山脚下,拽他们上山进寨,喝!半截埋地下的土瓮烧酒、梁上挂的风干腊肉、缸里腌的豆角,都拿出来,灶下整治好菜,流水般端上来,酒则是一碗一碗,不曾断过。满寨的人,男女老少,都来一一敬酒。酒辣,又极烈,上头,喝两碗就让人晕乎乎,都没力气拒绝,话说出口就飘散,自己记不住,只是喝酒,吃菜,大家唱歌欢笑。喝到后来,都不觉得酒辣了,只觉得好喝,暖洋洋;到天黑,喝得不行了,心里还来得及模糊地寻思:

怎么来敬酒的人没个头呢?

细看时,发现原来不止自家寨的人来招待,别寨的人,听说来客人了,也端着瓮,热情万丈,赶过来喝了!

当时就发现问题严重啦:再这么喝,必然会倒,不能喝了!就告个便,说要上厕所,跟同来的朋友,两个人携着手,从寨里偷偷溜出来,晕头晕脑往山下走;说找风吹吹,走走路,醒醒酒,躲一会儿再回去吧!两人踉跄走到山脚下一看:汽车还原地停着,轮前轮后,安上了大石头——这是寨里人不让他们偷偷逃走啊!

正发呆呢,就听见山上一片叫唤声;抬头看,寨里人举着火把,如火蛇般从山道蜿蜒而下:

"快回来,快回来!还没喝完呢!"

吃 牛

武松进了酒店，要三碗酒来，又要牛肉牛筋吃。

三阮兄弟请吴用吃饭，明明可以吃鱼，却还要跟店家要牛肉吃，店家也凑趣，说新宰了牛，"花糕也似好肥肉"。

反而是宋江在江州，就要吃口鱼汤。

美国的健身专家都说"你吃什么东西，体格就变什么样"。果然吃啥东西，跟气质相关。英雄好汉，就要吃牛肉。

自然也有缘由：《金瓶梅》里，就只吃猪羊，不吃牛肉。因为宋朝时，禁止私宰耕牛，大城市里公开吃牛肉，不太像话。所以武松与三阮吃牛肉，都在荒村野店，天高皇帝远，大快朵颐。牛肉确实有功效：益体壮气之类不谈，张辽当年在合肥要八百人突袭孙权十万军，就"椎牛以享士卒"。士兵们吃了牛肉，士气高昂，杀伐凶狠，吓得孙权屁滚尿流。爽快。想象张辽盼咐，"给士兵们一人一碗鱼汤"，感觉就没这么凶猛了。

日本与中国同属东亚，都爱吃米饭，吃肉方面禁忌还多些。1853年之前，日本本土不太吃牛肉。吃个山猪还叫牡丹锅。1853年美国人来了，日本人开始吃牛肉了，吃法全学欧美，又能自己搞些花头。现在日本人所谓的那不勒斯面、夏里亚宾牛肉，都是自己搞出来的花样。

只说夏里亚宾牛排（日语：シャリアピン・ステーキ，英语：Chaliapin steak），当日俄罗斯歌唱家费多尔·夏里亚宾到日本来，牙疼，吃不了硬的；日本帝国饭店大厨筒井福夫就用洋葱腌渍牛腿肉，以洋葱末代替牛排酱，做出柔软的牛排请人家吃——这玩意的灵感，来自寿喜烧。

话说1853年之前，日本人吃寿喜烧基本是吃鸡肉，1853年后才改吃牛肉。后来这种切片牛肉炖煮吃法，还用在了牛肉饭上头。但日本大美食家北大路鲁山人厌恨寿喜锅，认为肉切得如此之薄，已无肉味可言，没意思。他自己琢磨出的寿喜烧是：肉片切厚，不加太浓郁的甜口，以吃出牛肉本身的味道来。

大概日本老饕吃牛肉，就是喜欢有点嚼头，却又不太硬的感觉——所以看到牛肉脂肪霜降纹就眉开眼笑，吃入口即化的神户牛排，也就合情合理了。

欧美人吃牛肉，习惯上是干加热为主：烤的、煎的，都行。

葡萄牙有种吃法，据说是跟阿拉伯人学的，大概先前没炊具，所以法子很原始：一块石头，烧得滚烫，端上来；一方牛肉，厚墩墩的，也没喂过料。直接切了块，往石板上一搁，烟与水汽并起，吱吱有声。两面都烫过了，肉汁锁住，脂肪焦黑，这时候在几种酱汁里头选着兑吃。这法子很天然，但主要考验牛肉本身：牛肉若有腥臊气，这一烫就得显形，再好的酱汁也糊弄不过去。但牛肉质地过硬，则表面酱汁焦脆，撕开牛肉纹理，你就能品到鲜浓可口的牛肉汁了。

当然，欧洲人吃牛肉生猛，生吃的也有。法国人的鞑靼牛肉，是牛肉切成末，搭配胡椒、盐和辣酱油。意大利人吃Carpaccio，是牛肉切薄片，蘸橄榄油、柠檬汁、帕马森干酪和胡椒盐。两种其实异曲同工：都是把牛肉体积减小。大概他们也知道大块生牛肉，人吃不下去；切细薄，搭配酸爽的调味料，倒是道好小菜。至于生腌牛肉，欧洲人也吃，但终究不如非洲的比尔通有名。

哪位问了：欧洲人不吃炖牛肉吗？吃。法国人就有勃艮

第红酒炖牛肉。但大体而言,欧洲人不觉得炖牛肉是首选:

一来慢。《好兵帅克》里有个搞笑的细节:一战时奥匈士兵搜刮老乡的牛肉,炖了三天没炖烂,有人试图吃,把牙给崩了。

二来没味。17世纪,荷兰人过年时吃一种"多味肉糜",说来就是牛肉为主,用水和盐加点儿菜一起炖闷,然后大家欢天喜地,当珍馐美味吃。苏格兰人也有类似吃法:卷心菜,牛肉,啤酒,搁一起咕嘟咕嘟,煮出来一锅不知道是纸屑还是肉的东西,就着烈酒喝。

这就得说到我们中国人的智慧了。

中国人日常吃牛肉最多的吃法,大概不外红烧牛腩或白切牛肉——基本都是炖出来的。欧洲人不太吃牛腩,中国人却别有心得:美妙处在于外裹肉,内藏筋,纹路规则。牛肉筋腱内外参差,有油水却不油腻,膏腴丰肥,人人皆爱。人分三六九等,肉分五花三层。这样好的肉,怎么让它从百炼钢变成绕指柔呢?答:炖。像老广东馆子里的红烧牛腩面,入口即化,丝丝缕缕,真是黯然销魂。牛腩搭配红白萝卜,无论清汤还是红烧,都极尽完美。

我问过广东馆子的师傅:怎么我在家炖牛腩,就炖不到这么好吃？是不是用蜂蜜或洋葱等等软化牛肉的腌一下比较好？师傅用广东普通话磕磕绊绊告诉我：牛肉要先飞水，放凉；再加陈皮八角等料慢炖，再放凉，再炖。要花功夫，不能太早放盐。肉要大块，太小了就散了。别的一概不用，就是花时间；汤头用牛骨才鲜，别的调味，中国人都会的。

"主要是花时间，肉要大，锅要大——你们在家做不好的，还是到我店里来吧！"

大概欧洲人吃牛肉，更多是火烤或生吃，各走一个极端；日本人喜欢切薄了入锅，要不就还是铁板来煎。

而能想到水火调和好好炖牛肉使其柔软酥融的，大概也就中国人（也许还有法国人）了。炖牛肉，尤其是酥烂的炖牛腩，真正体现了中国人在吃上的老辣：精确调味让牛肉炖到鲜美，那是信心；将欧美人都不太吃的牛筋熬成终极美味，那是耐心。

这是真正懂吃、珍惜食材的民族，才想得到的法子啊。

苦

我妈说,当年她随我爸去开洋荤,初次吃牛排。被问要几分熟时,我妈天真未凿地答:"熟一点,焦一点。"之后一餐饭时间,净练刀功了。按她描述,差点儿硌了牙,觉得那牛排能划玻璃。我妈满腹委屈:我就不知道焦了会这么难吃,苦!

焦的东西,大多发苦。然而我们那里人对焦这回事,却没什么恶感,觉得区区小苦,可以承当。一是焦常和脆相干,二是焦苦焦苦,却自有股香气。

比如苏州和无锡人老年代早饭,都爱吃锅巴粥。锅巴加剩饭,水煮一下吃,嚼个噼里啪啦的脆生,也不在意那苦味。

我跟外婆讨论过,为什么焦味还能惹人爱。外婆认为,以前没什么佐料,饭不香,焦了虽然会苦,但却香。这听着有些奇怪,但她实践起来很不错。我外婆做面饼的手艺精绝:面略加烙,外面焦黄泛黑,内里绵软如酥,单吃略苦,但加了糖便馋煞人。

当然也有人特意去找苦吃——比如苦瓜和鱼腥草都有点苦，爱的人奉若珍宝，恨的人如避蛇蝎——但毕竟爱苦者少。

苦的味道，一半是回味里来的。金庸《天龙八部》里，钟灵请段誉吃蛇胆炒的瓜子，说是吃了心明眼亮。段誉初吃不惯，但"谏果回甘"，就觉得有滋味了。中国人常说良药苦口，但我有位朋友却有谬论，说小时候，被父母威逼利诱、软硬兼施地吃药，苦得满舌发硬。但随后一气儿灌白水消苦，越喝越觉得白水都甜了。虽说大有苦中作乐之嫌，但也不无道理：

苦之衬甜，比一味甜本身要隽永许多。

再一想，世上凡味厚需要细细咂摸又易上瘾之物，或多或少，都有一点点苦味。

好雪茄香味层次分明，但如果欠了苦味，就略显轻佻，不够端凝沉厚。总得苦香沉厚、醇浓温柔，能缭绕飘荡三日不绝，但又不至于发腻，镇得住。

咖啡的苦味，不知给世上多少炼乳、砂糖和牛奶销售提供了活路，可是众芳杂芜，最后也还是咖啡的配角。咖啡因其苦而需要配料，又因其苦而有无限多种调制方法。调咖啡能手们，从来不是为了泯灭苦味，而是变着法子，把这苦味修饰装点得让人惊艳。

啤酒也苦也香，啤酒花与此有关。唐鲁孙先生聊掌故说，民国时北京有啤酒厂，啤酒花不敷供应，只好拿槐花代替，一时也救了急。

茶则是另一个话题，在中国人文化概念里，足以大书特书一番。劣茶颇苦，泡得好的绿茶不苦而回味甜。华佗以为"苦茶久食益意思"，古人又有"苦茶久食羽化"之言。广东人喜饮苦丁茶，以为清热解火；老茶客们，喝茶很酽，苦而且削，一般人喝不惯，但他们自己乐在其中。

中国雅人，常把茶写得神乎其神，大有"躲进茶壶成一统"的意思。喝得苦茶，耐得寂寞，上等茶人都有点儿化外散仙之意，好像苦茶和孤僻性子浑然一体似的。陆羽说茶者至寒之物，需要有节操的人士来喝，这算是为茶定下了品格基调。

往小了说，苦味儿大多和清火解热、生津止渴有关。但东方禅佛之道，很容易大而化之，把苦与清寒寂寥、遗世独立、孤高自许、疏冷横斜勾连在一起。苦本身不是浮华的味道，唯其如此，苦才能把味觉体验压到最低，激发此后的丰富来，所谓"谏果回甘"，即如是也。

如果把味道比作色彩，则笋之清鲜为淡绿，鱼之嫩滑如纯白，苦味大概就是明快的深绿色：清而且削，沉而且厚。

正合小径柴扉、疏树寒山的文人气。所以到了夏天,老人家都要劝孩子吃炒苦瓜:"对身体好!"

我小时候吃不惯,总觉得这是老人家迂腐。到长大了,懂得吃苦瓜的清凉味道了,才明白过来。

从讨厌吃苦,到开始能吃苦的味道,终于喜欢上咖啡、啤酒和苦瓜,也就是人味觉发育的过程。

酸

山西人真爱吃醋，山西出的皇帝都和醋有关。李世民一代天可汗，也跟臣子玩酸醋游戏，留下故事几许。

故事一：魏徵老不给太宗面子，当面嚷嚷，让太宗时时起念，欲杀此田舍翁。虽然没杀成，但太宗也不是吃亏不吭声的滥好人，总得想法子，恶搞一把，方能出气。太宗听说魏大爷爱吃醋芹，一日设宴，赐他三杯。魏徵喜形于色，张牙舞爪吃尽，斯文扫地矣，太宗看了大乐。

故事二：房玄龄夫人坚决抵制天子赐妾，宁死不屈。太宗于是派下鸩酒一杯：不屈是吧？自尽去吧。一夫一妻制坚决拥护者、女权主义的唐朝先锋房夫人，悲壮无比地喝了，才发现这鸩酒是假的，原来是醋——众所周知，"吃醋"这词的典故，就出在这里。

山西又出过寇准寇平仲。按史载，寇平仲在宋朝做宰相，生活不算节俭，声色犬马造了个够，颇惹物议，但放评书里，民间艺人着意美化，将其描述为足智多谋，舌灿莲花，大概有点上承徐茂公,下启刘伯温的意味,简直是北宋头牌智慧化身。头衔也有名:寇老西儿。

如果咬文嚼字下,这里的"西"字,其实是"醯",醯者,醋也。

民间传说,就此把寇准和醋套上了:大略把他描述成简朴清官,身上旧衣多带酸醋味,又嗜醋。和历史上那位豪奢的寇相爷大相径庭,这区别里就可见百姓们的爱好了:凡清官,必简朴;有点儿小聪明,又不是好好先生滥好人;锦囊妙计里,常带点小伶俐小狡猾的酸醋味儿。

大致酸醋这一物,给人们也是这感觉:不奢华,有味儿,不算君子,但聪明伶俐,透着喜闻乐见的民间风味。

陕西人也爱吃酸。酸汤水饺,把酸字都贴脸上了;吃臊子面和烩麻什,得靠半酸带辣香的汤;酸菜炒米,吃得脆生又实在。我猜西北多面食,又多牛羊肉;面和肉这样霸悍雄猛、遒劲勇健的至刚之物,吃得过瘾,厚实有味,但吃多了腻,需要一味酸,来解一解。

袁枚虽是江南人,却觉得山西醋是正统,因为醋以酸为本,山西醋就是一味酸,地道过瘾;镇江香醋太香了,颇有些喧宾夺主。大概江南人吃醋,缺乏西北那种全身心投入、无酸不爱的精神。醋在江浙菜里,主要用来"点味",或是配了姜丝做蘸料。镇江肴肉晶莹剔透、鲜亮浓酥，但若不加醋与姜丝，便像少了插科打诨小笑话的经典演讲，过于纯正，少了灵动。螃蟹味道好，不加调料就五味俱全，然而螃蟹不蘸姜醋吃，根本天理不容。

加醋是外来调味的酸，发酵是内藏蕴藉的酸，于是显得内秀得多了。酸菜酸笋，都是酸中的杰作。没去过东北的人，也晓得酸菜猪肉炖粉条。酸菜好在多样，包饺子、炒、炖，十项全能。拿来涮锅子，酸菜白肉锅，以生蚝之鲜为汤底，是为神品。

江南有酸菜黄鱼汤，其味清鲜，最是开胃，比寻常熬得奶白鲜浓的鱼汤又撩人得多。

广西、贵州人吃米粉，酸豆角、酸笋丝都很到位。本来淡雅的鲜味，经酸味一提，忽然就恣肆轻灵了。

酸味能开胃能解渴，还能解酒，而且这法古已有之。《红楼梦》里，薛姨妈给贾宝玉喝酸笋鸡皮汤醒酒；《水浒传》里，燕顺们要剖宋江的心，做酸辣汤来醒酒。

酸味在许多饮食方法里，属于无心插柳。比如日本人饭团里加梅子，最初是为了防腐，结果越吃越好吃，于是也有梅子汁来腌姜的法子；寿司，最初也是跟中国学的，以醋腌米与肉，本为了保存，结果不小心就酝酿出了好味道。

朝鲜半岛人民初制泡菜，最初似乎也不是为了"菜酸一点更好吃"，而是为了腌了过冬。无巧不巧，化学反应，于是出了美妙的味道。

比起咸和甜，酸不算是正味，但是撩人开胃，刺激诱惑，能勾人。曹操为了鼓舞士气，于是望梅止渴；后来青梅煮酒，请刘备来论天下英雄；黄蓉初见郭靖，敲他竹杠，点菜时就有"两咸酸"，是所谓砌香樱桃和姜丝梅儿，听着就很适合下酒。

夏天街市上，总是有些阿姨穷讲究："不要太甜的杨梅，要稍微酸一点的，但又不要太酸。"边挑边吃，让卖杨梅的小贩急火攻心。正因为酸大多来自果品，所以也可以如此调味：我认识位广东朋友，做咕噜肉，讲究砂糖、番茄、柠檬、黑醋、白醋不去多提；在他看来，最鲜活的酸甜味儿，是现掰碎的山楂干。

如是，酸很活跃跳脱，略刺人，味道好，够诱惑，与甜略有相似，又善解，平淡沉厚。所以感情甜蜜了，反而平淡，有点儿醋，酸一酸，才算是有情趣了——实际上，许多爱甜的人总喜欢甜上加甜，殊不知酸上加甜更动人；比如法国人做苹果派，会选略酸的苹果来做，比一味浓甜的苹果味道灵动得多。

说到法国人，多唠几句葡萄酒：

法国有个说法：葡萄酒该搭着奶酪卖，带着苹果买。再劣的葡萄酒，配奶酪都喝得下去；再好的葡萄酒，配苹果，口味就糟糕了。

劣葡萄酒，大多酸度与单宁过甚，涩口，仿佛容貌狰狞的家伙，触目吓人，刺舌辣喉；奶酪能平衡单宁，仿佛上了妆，就柔化了劣酒的线条，突出了果香。

反过来，好葡萄酒，又赶上好时辰，果香、酸、单宁都会平衡，好比已经化上了妆；何况葡萄酒本身带苹果酸，你再带着苹果去吃，酸上加酸，仿佛浓妆过了度，就显出吓人来了。

法国人吃东西，琢磨搭配葡萄酒时，酒的功能不只是饮料的清口中和作用，还有类似于酱料的添味调味作用——这是葡萄酒配菜与其他酒配菜，很大的不同点。

所以法国菜配酒，很是复杂：大到红酒配红肉，白酒配白肉，细到勃艮第的沙布利白酒配生蚝，都是惯例了。当然，再细就没边了。老饕会念念有词地忽悠：勃艮第的黑皮诺以轻柔见长，所以适合搭配各色蘑菇这类有地方风味的清鲜菜；霞多内有优雅的酸味，所以适合搭配酱汁鲜美的鱼与虾；好香槟偶或有坚果味，也适合搭配咸脆的小食；波尔多左岸的卡本内苏维农该搭配多汁的红肉，丰饶的奶酪制品该搭酸甜的桃红酒。阿根廷的马尔贝克搭配甜辣的烧烤，再辣一点的食物就得搭配西拉。东南亚系列的甜辣，适合配桃子口味的雷司令。

　　这大概就是那些配酒痴们执迷的所在——他们也许真不是为了显摆自己对酒多在行，或者只在意酒不在意吃，恰恰相反，也许他们就是太在意吃了，所以挑选葡萄酒，也等于在为菜肴搭配酸味的第二酱汁——如果是当作在贵州吃食物时搭配蘸水、在重庆吃火锅时搭配油碟、在北京吃涮羊肉时调理芝麻酱，是不是也觉得，那些研究葡萄酒搭配的人，没那么烦人啦？

甜

人对甜味没抵抗力,概莫能外:比如,西餐里就只有甜点,鲜有咸点、苦点、酸点的。甜通常与冰凉相关,大概这两者都可以解饮食之咸,所以适用于饭后。古希腊人以阿尔卑斯冰雪冰镇浆果,罗马人用冰雪兑蜂蜜、果汁之类,古有明训。

欧洲人爱甜,而且从喝酒到饮食,都是越往南越甜。葡萄牙人吃蛋挞,吃马德拉蛋糕,喝百香果酒;西班牙人每天小甜食不离嘴;法国马卡龙好吃,但颇贵,不怕,超市里还有论斤卖的布朗尼。

老北京吃的冰糖葫芦,叫卖的要强调是"糖葫芦儿!——刚蘸得的!"法国人也吃这个,不过更夸张:大苹果蘸的冰糖,酸甜脆口,法国人叫爱之果(Pomme d'amour)。

意大利人吃甜,尤其极端。我在意大利吃过半个月早饭,无论是饭店还是家常,总逃不过四样:浓缩咖啡、色拉米香肠、各色面包,以及半张桌子形形色色的果酱。比起法国的果酱，意大利果酱普遍更有凝冻透明、颤巍巍的肉感，吃起来也顺口，舌头如划秋水，味道很快就散了，满嘴清甜。我见过不止一位，吃早饭时，一口浓缩咖啡，舔一下果酱，然后满脸欲仙欲死的陶醉状——真也不嫌腻。

美剧《六人行》里 Chandler 问 Joey：左手果酱右手美女，你要哪个？意大利后裔 Joey 答：你把两手合一起吧！——就是这个意思了。

甜味不是凭空掉下来的，得从植物里提炼，所以各类甜品，躲不开各类神奇的植物。果酱不用提了，其他蓝莓猕猴桃、可可哈密瓜、杏仁白砂糖，不一而足。当然也有朴素的，比如《金瓶梅》里，西门庆吃的"衣梅"，是杨梅用各种药料加蜜炼制过，薄荷橘叶包裹，下料不算猎奇，但花样繁多。至于甜味的基础糖，则基本躲不开甘蔗、甜菜和谷物——还是跟植物有关。

而甜品所需，又不单是甜，还需得软糯香滑，从慕司到冰激凌到蛋糕，大概都少不了面粉、鸡蛋和奶油。满族人和蒙古族人善做乳制品，所以中国北方的传统甜食，许多都和牛奶、羊奶沾边儿。

做过甜品的，大概都有经验：无论提拉米苏还是咖啡慕斯，以至于所有甜点，总少不得一样工序：拼命地打蛋或打奶油，直至发泡。我每次看到美食节目里大师傅打蛋白至于凝胶状，反过盆来蛋白都对抗地心引力悬停不坠，就无奈地绝望。通常你做过甜品，看着热热冷冷打发凝结最后冰冻完，能膨胀出多大的效果，才能意识到餐厅卖甜品有多暴利，但哪怕知道了真相，你还是无法抗拒：许多甜品，就是奶油、鸡蛋们被打发后的无限膨胀、瞬间急冻，使它们保留在那种泡沫经济的繁荣过程，是一场甜蜜的海市蜃楼。

在饭蔬菜食里做出甜味来，则是另一回事了。

《梦溪笔谈》里说："大业中，吴中贡蜜蟹二千头。又何胤嗜糖蟹。大抵南人嗜咸，北人嗜甘，鱼蟹加糖蜜，盖便于北俗也。"于我而言，难以想象：蟹都能蜜了？又见宋朝时，"南人嗜咸，北人嗜甘"，只觉得当头挨了一棍，想无锡的糖醋、四川的荔枝味、广东的糖水，居然都被北方打败了？后来朋友解劝说，沈括写《梦溪笔谈》时，北方还多游牧民族，嗜好乳制品，偏爱甜味，这么想，就好理解些。

我小时候吃惯了无锡菜，身在鲍鱼之肆久而不闻其臭，也不觉得无锡菜太甜了。去了上海，只觉口味似乎淡些，等奔走四方，才乍然明白无锡菜有多甜。比如，我在南京、扬州、宁波吃汤包，总觉其汤清鲜但缺些什么，后来才想起是少了一味甜。在无锡，卤汁豆腐干都是甜的。

重庆以至川中，虽然以麻辣著称，但甜起来也着实了得。冰糖红苕圆、冰汁荷花桂圆这类清甜的，糖醋鸡这类红甜的，江南也有，倒不足怪。但锅巴三鲜、荔枝肉片这种荔枝味的，我初见便有些发呆了。而且川中味重而烈，所谓辣起来胜过麻辣烫，甜起来胜过三合泥，什么味道都敢往一起搭配。咸甜之别，在川中厨娘大手笔来说不过小道，可以随便逾越的。苏轼出自川中，曾经爱吃蜜蜂——把蜜蜂一口吸干，躯干扔了。而且被和尚招待了蜜汁豆腐，也能大快朵颐——别说现代人糖分过量了，苏轼连蜜蜂都吃呢，这可直接跟狗熊媲美了。

像福建菜、广东菜以至于东南亚菜，以果品和各类香料入馔者极多，讲究五味杂陈，有甜味丝毫不稀奇。东南亚人把芒果和菠萝配米饭、香蕉和榴莲打饼、炸完虫子裹上果酱吃，实在司空见惯。

日本人对甜，有一种隐秘的喜爱，所以他们很少把甜放在面儿上张扬，但在许多汤和酱里暗藏甜味。老式日本人觉得最合适的甜品是柿子或羊羹，甜得都比较温柔。茶会用的和果子，不能使生砂糖做，嫌味道重。昭和年间的书里说，要用香川县出的和三盆糖，以求味道典雅。

比起东南亚直白凶猛的甜，日本的甜藏得更深一点。所以你看：对甜的喜爱，到处都是一样，只是离赤道越近，对甜的热爱，便更不加掩饰一些。

咸

宋应星写《天工开物》，提到盐，明说其独一无二。所谓："口之于味也，辛酸甘苦经年绝一无恙。独食盐，禁戒旬日，则缚鸡胜匹，倦怠恹然。岂非'天一生水'，而此味为生人生气之源哉？"

说得很是：酸甜苦辣，不过是人生配菜，有就有，没有就罢了；只有盐才是人生第一需求，离了便不能过日子。

古代盐铁专卖和国库息息相关，所以程咬金贩私盐的传奇才能体现他天生的"不法分子"的秉性。扬州盐商才是肥缺，林黛玉他爹林如海前科探花才会去当巡盐御史——世上既没有私醋贩子、《糖铁论》和巡辣椒御史，于此可见盐的独一无二了。

学做菜，都得会下盐。盐下对了，怎么都好吃。下盐多少，足见厨师水平高低。新学厨的人下盐，大多会手重放多。倒是老外婆们做菜，荤少素多，疏疏朗朗地给你端来，尝不出味精来，盐也淡得若有若无，通常处在"不会让你觉得少了盐"的地步。

我和人开玩笑，常说下盐是门功夫：你吃菜，觉得出盐多了或少了，说明做菜的内功和招式没配合好，还是毛头新手；如果觉得味道对路但品得出盐味，那是功力高了但锋芒过盛。得吃菜时觉得浑然一体一道菜，才到了自然而然、随心所欲、不逾矩的地步。

下盐不能急，因为盐能脱水，很影响烹饪过程。比如炖鸡汤，起锅前才该撒盐；比如炒花生，花生与油炒后才敢下盐；烤牛排亦是最后才敢下盐，不然肉汁流失。

但也因为盐能脱水，所以许多食物，都用它来腌制，以备储藏：火腿如是，腌咸鱼如是，腌咸肉如是，腌咸菜如是。结果一不小心，就出了好滋味。

夏丏尊老先生说他当年会弘一法师。法师吃饭只用一碟咸菜，还淡然道"咸有咸的味道"。咱们不提禅法佛性，只这一句话会心不远。吃粥配菜，本来就越咸越好。咸菜淡粥之间，才能吃出味道。所以，下粥的菜，味道都要重一些才好。

我外婆她老人家善做两样粥菜：腌萝卜干，盐水花生。早年江南老人们没如今那么庞杂博大的调味体系，只有一味盐，就被她用得出神入化。她做萝卜干讲究一层盐一层萝卜，闷瓶而装。有时兴起，还往里面扔些炸黄豆。某年夏天开罐去吃，咸得过分，存心要把我的舌头腌成盐卤口条。外婆倒振振有词：咸了下粥，你就可以少吃萝卜多喝粥啦——这也算老年代省钱秘法。

萝卜本来脆，腌了之后多了韧劲，刚中带柔，口感绝佳。配着嘎嘣作响的炸黄豆吃，像慢郎中配霹雳火，有点儿金圣叹所谓豆腐干配花生的对比感。

咸菜则是各地都有，而且似乎花样不同。范仲淹有断齑划粥的故事，好像彼时之齑和如今也没决定性区别。范仲淹是苏州人，大概那时吃法类似于现在：江南做咸菜喜用雪里蕻，也就是雪菜，口感咸而清秀，像谈吐有趣的白面书生。配毛豆、肉丝都是天作之合。

以前过年时，父亲单位里常发一条大青鱼，取"年年有余"的口彩。我家一般砍头去尾，年夜饭时熬汤喝，余下身段一时吃不完，砍成段儿，用盐腌了，就是简洁版咸鱼。咸鱼不算新鲜，但腌得好的咸鱼，蒸后极下饭。

每年春天，江南人惯例要做腌笃鲜吃：猪肉咸肉洗净，大火烧开，加点儿酒提香，文火焖，加笋，开着锅盖等。手艺好的阿姨自有诸般火候控制，手艺没把握些的如我就可以盐都不放，按时放肉放笋焖就罢了——最妙的是，基本不用斟酌下盐：有了咸肉，一应俱全。本来排骨炖笋好在清鲜，但终究淡薄，总得加味精与盐。但是加了咸肉，像新酒对陈酒，一下子多层次多变化了。咸肉是一锅腌笃鲜的魂灵所在，汤白不白厚不厚，味道鲜不鲜醇不醇，都是它在左右。

周邦彦当年记录道君皇帝和李师师风流时，有名句所谓"并刀如水，吴盐胜雪，纤手破新橙"。看来宋朝时，东南就是产盐大区了。

盐配橙子的吃法也不稀罕：小时候买菠萝吃，我妈妈总爱用盐水洗过一遍，名曰消火去毒。我有位新加坡朋友，曾经认真地搬出套理论，认为热带一切水果都有火毒，必须以盐洗之，不然吃了就会上火。菠萝、荔枝过了盐水之后，也确实清甜可口，味道清雅了一个境界。

现在去沿海吃烧烤海鲜，重咸之味，又流行挤些柠檬汁橙汁下去。所以咸甜这两味勾心斗角，欢喜冤家，终究是分不开的了。

辣

人能喝酒,是谓酒量好。

我觉得,吃辣也该有个量,比如,谁去了湖南、贵州、重庆、四川、江西,吃了当地的辣而面不变色,对方应该跷大拇指:

"你辣量好!"

我去重庆,初次吃串串,按捺着口腔翻腾,面不变色,顾盼自雄,希望大家鼓个掌之类。结果座上诸位一脸习以为常,不当回事。

若在身旁轻声跟我说:

"在我们这里,这算微辣……"

哎。

我们这种江南人,不敢说自己爱吃辣。我爸叮嘱过我:

"别在北方人面前说自己能喝酒,别在家里靠着山的朋友那里说自己会吃辣。"这都是经验之谈。

我爸年轻时出差,去江西近湖南的某小地方。当地接待得很热情,我爸还担心,问吃得辣不辣,对方答:

"我们吃得不辣!——湖南才辣!我叮嘱厨房了,不要下辣椒!"

我爸于是吃了,一嘴红肿。去厨房问,厨师一呆:"啊呀,原来是接待外地来的呀!"

他是真没放辣椒,只是借着上一个菜的锅台做的菜:就锅里囥的余味,能把我爸给辣着了。

作为一个重庆女婿,我得说句:单论辣,川菜真不算辣——或者说,辣不是唯一的。

现代川菜,麻、辣、甜、咸、酸、苦。各种混搭,那就说不完了:咸鲜、麻辣、糊辣、鱼香、姜汁、酸辣、糖醋、荔枝、甜香、椒盐、怪味、蒜泥、家常、陈皮、五香、烟香、香糟、鲜苦,等等等等。

在各色川菜里头,辣只是个调味剂。

哪怕吃重庆小面这种市井小吃,酱油、味精、油辣子海椒、花椒面、姜蒜水、猪油、葱花、榨菜粒——辣味在其中也不是主流。

哪怕吃火锅,一锅红汤看着吓人,真正的香味也很依赖牛油,味道则来自花椒。

你在重庆四川吃东西,很少是吃一口,一声怪叫:"好辣!"而是:"真好吃,真好吃,吃吃吃……不对,吃多了,好辣!"

论辣,以我所见,湖南、贵州和云南更厉害。

我小时候看电影,湖南籍的伟人接待莫斯科来的米高扬。米高扬对着伟人,一口一碗汾酒,挑衅,要伟人也照样喝。

伟人不慌不忙,说不急着喝酒,先上菜:一盘辣椒。伟人吃着辣椒,悠然自得;米高扬吃了一个,表情扭曲,就差钻桌子了。

然后,伟人托米高扬带一串辣椒回去给小胡子。我妈看到这里,拍腿大笑,说好好好,小胡子一定吃这个,吃得蹲克里姆林宫的马桶上一个星期,睡觉都得趴着睡。

我有个湖南朋友。问他擅长做什么菜,他寻思半晌,说"辣椒炒……"我们眼巴巴地等他下文,没了。

"辣椒炒一切吧——光是炒辣椒也行!"

我原以为没啥技术含量,吃他做的辣椒炒肉配饭,服气了。要炒得凶猛刚烈,却又刚健不腻,火候掌握并不易。

都知道四川火锅要炒料,我这位朋友来炒料,也很了得——湖南人对炒香辣料的火候,把握真是出色。

后来走多了地方,发现我还是想简单了。原以为湖南菜就是一味辣椒炒,生猛;后来细看,发现有另一个方向:长沙与衡阳,许多辣菜就是炖+煨,味道绵厚悠长。

我在衡阳吃过一钵砂锅米饭,一份炖鸡:真不知道那鸡是怎么炖的,鲜香辣,味道灿烂明亮又温厚,像冬天里的太阳。

问老板时,老板说先炖,最后煸炒。炖要慢,炒要急,辣子得处理得精细。

我吃过最好的剁椒在贵州,但最好的剁椒鱼头,当然在湖南。

湖南在处理辣椒+腌腊的配对时,有种奇怪的优雅。极凶猛与极耐心,可以合二为一。后者好像常被忽略,需要吃惯了辣才能意识得到——做得辣不难,入味很难。湖南菜在让肉类入辣味方面,很神奇。

贵州也多山,且是高原,辣味,没有湖南那样扑面而来的狠,但很深。

贵州人做菜,讲究腌渍、酱、酿,各种发酵手段一起上。对辣椒,亦然。

贵州北边,还比较像川菜,麻辣。越往南,越酸辣。

我去贵州一些小地方，比如都匀，比如黔东南村寨，家家晒辣椒、腌辣椒。用来做菜极香，那也不用说了。

我认识的印度同学说过，印度香料许多要靠油来挥发出香味。但贵州那些腌渍酱酿的辣椒，真不用特意下重油了。热锅少冷油刺啦一下子，再下去，香味直冲鼻子，很醇厚。

湖南人将辣椒与肉的结合，估计当世无对。但贵州菜里，将辣椒和酱糟香结合，再搭配其他非肉类，很是出色。

何况他们还有天下无对的蘸水——我没见过就贵州蘸水还能不好吃的东西。

比如贵州丝娃娃，是我吃过包卷类的东西里最神奇的一道。关键是蘸水，酸味里，有一点点醇厚的辣——就这点酸辣，让人把那些看着平淡的包卷丝，不小心就吃完了。这时候再来一盘糟辣椒，真能就一碗饭。

临走了，山里亲戚送三罐盐炒干辣椒。太好吃了。本来还想留两罐送人，结果没两天，咔嚓咔嚓，当零食吃光了。

我对云南的辣所知不多，只在路过某小店时，看到有当地人拿着辣椒蘸盐水直接吃，佩服得五体投地。

我跟法国同学说起陕西油泼辣子面，被人强行认真分析：这是有科学依据的，辣椒素和油如何具有亲脂性，如何相亲相爱……我就只能老老实实地说：那一勺油，把油泼辣子面给点燃了。

许多人有个错觉，说起辣，就觉得"我吃得清爽，不爱吃辣"。其实辣味本身，并不油腻。

我有个很偷懒的快手菜：尖椒鸡丁。鸡肉切好了腌着，切尖椒，下锅炒香，鸡丁下去，几铲子的事。薄油，少料，看着也绿油油的，是所谓爽辣——辣的灼痛感其实是种错觉。

许多馆子里重油配辣，是因为这样才够香，但也可以做得不太油——实际上，云南菜里有许多道，都能做到绵里藏针的清淡辣：靠他们的植物调味料取代油香，但这个就说来话长了。

传统日本人，吃口够清淡了，还是要山葵：不然真是淡出个鸟来；现代日本人爱咖喱爱得死去活来，也是这个道理。

法国年轻人现在也能吃辣了：除了吃墨西哥菜、印度菜和中国菜，也吃北非摩洛哥菜。

北非有种哈里萨辣酱，很香；用来配各类坚果，意外地好吃，摩洛哥菜馆里常有。

我边吃着，边想起宫保鸡丁里与辣味相合的花生——美味这东西,真是殊途同归呀。

话说开头。

我的辣量是怎么培养起来的呢?

当年若自重庆初到上海,我请她去吃号称上海长宁区最辣的一家火锅,对服务生叮嘱:

"要你们这儿的重辣!"

吃火锅时,我自己一边压抑着被火烧火燎的痛与快乐,一边偷眼看若:她就吃得很平静,没啥特殊表示。我寻思:行,看来我以后能适应。

到吃完了,她做了个动作,我崩溃了:

我喝着冰水解辣时,她用勺子舀了一勺红艳艳的火锅汤,喝了下去。然后轻描淡写地对我说:

"不然有点太淡了。"

当时我就明白了:辣味的宇宙,真是太宽广了;我到达"我能吃辣星人"的漫漫征程,真是隔着星辰大海啊。

布鲁塞尔与布拉格：啤酒的惺惺相惜

法国人喝红酒有讲究：海鲜如牡蛎，最好配勃艮第白葡萄酒，尤其是沙比利酒；红肉如牛肉，最好配红酒；若香辣料味下得重，则当配卢瓦尔河谷的西拉葡萄酒；香槟做餐前酒开胃，苏玳甜酒做餐后酒收尾，如此云云，自有规矩。

您去布鲁塞尔，比利时人会表示，法国人这点小讲究算啥？我们喝啤酒都有讲究！然后你就能听见一套教诲：

——味道清新、酒体轻盈、苦味低的小麦啤酒？配海鲜。

——味道醇厚的淡金啤酒？配鸡肉或白肉。

——浓厚幽暗、香料味十足的双料啤酒？配红肉或黑肉：比利时人所谓的黑肉，那就是腌肉了。

——口味偏酸、果味浓郁的拉比克啤酒？配甜品。

都说法国人讲究，德国人粗豪。比利时人就如此自夸：法国饮食的质，德国饮食的量——这就是比利时饮食。这不，德国人用来搭配猪手烤肉的啤酒，比利时人能跟法国人配红酒似的，给你分门别类搭好。

啤酒论该是麦芽酿的，历史书说典出美索不达米亚平原，延至埃及：修金字塔的诸位就喝啤酒抵抗烈日，克里奥帕特拉女王还用啤酒来洗脸。18世纪之前，所谓啤酒，多是指艾尔啤酒（ale），也就是麦酒，暖发酵法，口味偏甜。直到啤酒花加了进去，才苦中带香，清新爽冽，冰了喝尤其爽快。

比利时人的啤酒作坊，细散分布到每个小酒店。小麦、燕麦、大麦、烟熏小麦、高温发酵、低温熟成、配果子、配香料、下层发酵、上层发酵……他们的酿酒历史太悠远，工业化啤酒又时间太短，所以比利时人不肯喝没性格的大众啤酒——好比意大利人不爱喝星巴克咖啡。

布鲁塞尔市中心，有著名的小粉象酒吧；2018年7月世界杯期间，我看着比利时人就在这里狂饮，庆祝他们国家队打败巴西，进了世界杯四强。据说老店地窖里藏了五位数级别的酒，味道各不相同："从没有一个人能全部喝完过！"

就这么横的布鲁塞尔人，聊起天来，对德国啤酒那是看不上的。那哪里的啤酒好呢？小粉象酒吧一位大叔摸摸脑袋，跟我说：捷克的啤酒不错。周围几个年轻人随声附和。

——为什么呢？

却说艾尔酒到19世纪，差不多开始退出历史舞台：好喝归好喝，但暖发酵法导致酒保质期短、质量不稳。如今我们喝的，基本是低温发酵法啤酒，即所谓拉格啤酒。

而拉格啤酒最初产地，是在捷克的比尔森。说捷克是现代啤酒发祥地之一，也差不多。

——至于德国啤酒名动世界？很简单，捷克离德国近，近水楼台先得月嘛。

捷克布拉格的老广场旁，有一家 U SUPA 酒馆，15 世纪开业的了，全捷克最老。里头有个招牌项目，是各色啤酒品鉴。

店里以数百年声望经验，列出最典型的六款酒，如下：

——酒精含量 4.6% 的下层发酵啤酒，酒体饱满，苦味清爽，啤酒花味道强烈。这是入门级的，也是大众都爱喝的口味。

——酒精含量 5% 的下层发酵黑啤，带有轻柔的焦糖甜味。比之上头一款，犹如红茶比绿茶。

——捷克人引以为傲的比尔森发酵法啤酒，下层与上层发酵皆有，于是呈现明亮的金色，味道也醇厚得多。这算是现代啤酒的始祖。

——捷克传统的四种麦芽混合啤酒，营造出鲜活的麦芽香：这意思是说，虽然比尔森发酵法看着很工业，但捷克人也有法子在工业法子里，依靠麦芽的调配做出精致的味道来。

——爱尔兰式黑啤：可称黑啤中的王者。烤咖啡、黑巧克力与焦糖味儿,加上密不透风的沉厚。

等喝完这五款了,店家才请出最后一款。经历了上面清澈、微甜、金黄、麦芽香和黑巧克力般浓郁的味道后,终极味道是什么呢?

——是比利时风格的老式艾尔酒,樱桃口味。口感丰足,樱桃甜,樱桃酸,樱桃般丰润的口感。掺杂着麦芽与其他酯香,仿佛一杯红宝石酒。

说实话,喝到这最后一杯酒时,我有点感动。

我在布鲁塞尔听骄傲的比利时人吹嘘自家啤酒之余,也感叹捷克啤酒好;到了捷克,看他们自吹自擂完比尔森啤酒,临了还是端出了古老的比利时艾尔酒。这是一种英雄惜英雄、好汉懂好汉的终极赞美,是对啤酒美味的终极认可啊。

博尔赫斯最喜欢的一个阿拉伯故事《双梦记》,说一个家里有花园的伊斯法罕人梦见他的财富在某地,跑去,被当地军人捉住;军人嘲笑他:你居然相信梦?老子还梦见过自己的财富在伊斯法罕一处花园里呢!

——伊斯法罕人于是回了家,在自家花园底下一挖,挖出了宝藏。他以这样委婉的方式,得到了自己的财富。

类似地,我也用这样委婉的方式,在布鲁塞尔与布拉格,感受到了最美味的啤酒。

巴黎的咖啡馆

咖啡从东往西传播,先是在意大利登陆。所以至今咖啡里的许多术语,都是意大利词。比如浓缩咖啡 Espresso,意大利语。所谓玛奇朵,也是意大利语:Caffè macchiato,意思是彩绘。比如"拿铁",意大利语写作 Caffe latte,法语写作 Cafe au lait,读作"欧蕾",其实意大利语 latte 和法语 lait,都指牛奶。拿铁咖啡与欧蕾咖啡说白了,大可以叫作"牛奶咖啡"。当然啦,中文读作拿铁,听来范儿十足——嚷一句"伙计,来杯牛奶咖啡",立刻差了点意思。

意大利有个名典故:Ordo Fratrum Minorum Capuccinorum,中文译作"嘉布虔小兄弟会",是基督教某支派。这一派人,喜欢穿浅咖啡色袍子。意大利人后来发明了一种咖啡,因为是奶泡打就,色彩特殊,很像嘉布虔派袍子的颜色,于是借了 cappuccini 起名——你大概明白了,这就是现在的卡布奇诺 cappuccino。

意大利人喝咖啡抢了先,但巴黎人后来者居上。17 世纪初，威尼斯有了咖啡馆，1672年，巴黎的新桥Pont Neuf也有了自己的咖啡馆。又过了一百来年，"法国大革命"前夕，巴黎的咖啡馆突破两千。可以归结的缘由大概有二：其一，法国咖啡馆发明了新技巧，用过滤器和热水来处理咖啡；其二，当时允许妇女进咖啡馆。后一点具有决定性意义：有男有女有咖啡，能吹牛和抱怨、能哭能笑，这样的社交场所，谁不爱来？加上"法国大革命"前夕，人们在公开场所聚会麻烦，蹲咖啡馆里发牢骚爆粗口，国王陛下也管不着。

19世纪，巴黎的几个变化，让咖啡馆的发展顺风顺水。

其一，1823年始，巴黎流行起将玻璃和钢铁掺入建筑，各类露天拱廊商店街出现。人民爱上了游逛，作为饮料提供点和休息站的咖啡馆也就如雨后春笋，发达起来。

其二，19世纪中期，奥斯曼男爵大事翻修巴黎，加宽道路，拓林荫大道。本来，露天咖啡馆就是逛街休息的所在，谁乐意在闹哄哄的馆子里多坐？但巴黎经过大建设后，风貌雍容华贵，游客和本地人也都乐意去咖啡馆坐一下午，隔玻璃窗看世界了。

最后，巴黎的繁盛，引来大批外省青年和外国艺术家。这些人物，没来得及住豪宅置美地，只好出没于咖啡馆，边喝咖啡边舞烟斗，激扬文字指点江山，一高兴就蹲一晚上，当免费旅馆了。

当然，末了，巴黎咖啡馆的传说，还是要靠人。好比《茶馆》的灵魂不是茶，而是王利发掌柜。咖啡从区区一种普通饮料，到如今成了巴黎的传奇，自然得靠人推广。

巴黎到处都有咖啡馆的传说，比如，伏尔泰先生每天喝掉十二杯咖啡；比如，狄德罗一边猛喝咖啡，一边编完了人类史上第一本百科全书；比如，巴尔扎克到哪儿都要带酒精灯和咖啡壶，结果年过五十就写下洋洋洒洒的《人间喜剧》，自己却因咖啡中毒而死。

1860年代，四个来巴黎学画的穷学生——莫奈、雷诺阿、西斯莱和巴齐耶——在盖尔布瓦咖啡馆边喝咖啡边嚷嚷，抨击学院派绘画……这其中，除了巴齐耶死在普法战争期间，其他三位在十年之后扛起了印象派大旗，成为艺术史上承前启后的天神级人物。所以盖尔布瓦咖啡馆简直是印象派的圣地。

比如海明威年轻时在巴黎穷愁潦倒，经常在咖啡馆蹲一天，就一杯咖啡，不叫吃的，还自我安慰"饿着肚子看塞尚的画更容易有感觉"。但这不妨碍他削完铅笔、开始写作，看着在咖啡馆里出没的姑娘，以她们为主角写故事，还念叨"我看你一眼，你就属于我了"。

当然，现在你可以抱怨说：哪怕去花神咖啡馆，去卢森堡公园门口那排咖啡馆，去歌剧院大街上那鳞次栉比的咖啡馆，去大皇宫、小皇宫、旺多姆广场、罗浮宫、奥赛博物馆旁的那些咖啡馆，都无济于事——那只是附庸风雅，毫无实际意义嘛……

等等，这里有个故事。

胡里奥·科塔萨尔，南美史上最伟大的作家之一，曾经长居巴黎。在一个动人的传说里，身材魁伟的他，很喜欢在巴黎的公园里朗诵小说。哪怕面前的观众是小学生、工人、足球运动员，他都依然激情洋溢。

某一天，他注意到，一个留着髭须、眉目愤怒的老头儿会混在人群里注视他。朗诵完了，科塔萨尔就去塞纳河岸边的咖啡馆写东西。巴黎冬天很长，咖啡馆里足够暖和，能让南美来的科塔萨尔感到舒服。他写着写着，注意到邻桌有个长相奇怪的家伙也在写东西，偶尔抬头看他。

直到多年后，科塔萨尔才知道，那个眉目愤怒的老头儿就是大诗人埃兹拉·庞德，而那个邻桌埋头写字的家伙，就是让·保罗·萨特。

这就是巴黎咖啡馆的神奇之处：莫奈和雷诺阿敲桌碰杯嚷嚷的少年岁月，不会知道多年后他们会成为神话；科塔萨尔低头写作时，不会知道自己和萨特多年后会如何影响南美和欧洲的文学。

如是，许多年之后会站上某个领奖台，将名字镌刻进历史的某人，也许这会儿，就在巴黎某个咖啡馆的角落坐着，貌不惊人地喝着咖啡呢。

南方以南

我妈在上世纪末,去过新加坡——那会儿,新加坡工业园在无锡新区招人,我妈去应聘当了个什么主管。先在无锡,然后去了新加坡一段,回来跟我绘声绘色吹嘘。当时别的阿姨爱吹新加坡多么繁华,"好过上海"——在我们无锡,这就是最高级的赞美了。

我妈的描述,却很合我家的风格:

"天气很多变,走在路上就下雨,下半分钟雨就会停——夜市很热闹,好逛得很!——哦哟,东西很好吃!"

我爸逗她:"比无锡好吃?"

"不是一个味道——味道更加,更加……南方!"

我笑她:"新加坡本来就在南方嘛!"我妈一瞪眼:"我说的是味道很南方!——你长大了就晓得来!"

我后来去过了广西,去过了贵州,去过了广东,去过了海南,又去过了东南亚某几个地方。回想起来,我妈说得很对：

"味道很南方。"就是很南方。

比如，以粉为例。广东人会铁铲、翻飞、油香扑鼻、"镬气"、"干身"，做出干炒牛河来。

桂林米粉一般只加酸豆角，柳州螺蛳粉味道凶烈得多；贵州山里有些县，粉极清冽，下料却更酸辣。

三亚的抱罗粉，大肠螺蛳鱼丁不提，粉极滑，如加了油。岛民吃蒸粉，分我一碗：辣椒、鸡蛋、鱼露，香得呛人。

越往南方，味道越如此五彩斑斓。

我长一辈江南人，自诩是南方人（相比于华北东北西北），总觉得"南方人吃格味道，蛮温和的"，但再往南方，味道就凶烈起来。

大概，越往南方，血液温度越高，味道越凶越夺人，勾人心魄，直抵灵魂吧。

现在想起来，新加坡的夜市，难怪我妈妈惊讶。本来我妈妈理想中新加坡依然是富裕国家、文明都市，理该大家冷艳高傲才是。但夜市喧腾、锅铲横飞，又比我们那里热闹得多。

细想来，还是跟温度有关。

意大利有建筑学家说过，越是接近赤道的地方，国民越喜欢户外活动。在亚洲，就体现为越热的地方，大家夜市越折腾得晚。这么一想也不奇怪：比如12月的吉林，我一般都直钻路边大屋，去吃铁锅炖了；但12月的三亚和12月的新加坡，人民还在户外吆五喝六，吃野生鱼类呢；如果嫌凉，最多加点辣！

——说起来，新加坡饮食给我最深的印象，就是辣。吃什么粉，都能给你加点青辣椒。乍看不辣，一口下去，辣得我全身一抖，冷汗立刻就下来了。

我一个重庆女婿，也算什么辣都吃过，但新加坡的青辣椒，还是出我意料。

不只是辣椒。新加坡的鱼露、沙茶，味道都格外凶猛。巴黎的东南亚超市，买得到各色鱼露沙茶，我也拿回去做菜。做个沙茶牛肉之类，不觉得厉害。真在新加坡夜市，才知道味道可以多凶——就跟在斯里兰卡吃咖喱似的，新鲜调出来的香料，味道超乎想象。

这时才真理解，为什么香辛料老专家会认为，嗅觉与味觉应该并重：江南菜讲究婉约，广东汤讲究醇厚。新加坡夜市这种大摇大摆的凶，真也让人吓一跳。

以前有部老新加坡电视剧《小娘惹》，我看了，印象深刻；自己去新加坡，也想吃娘惹菜；人家说，娘惹菜其实不是新加坡的——是中国菜＋马来文化的产物，其实更接近中国菜，"就是更加辣一点"。看时，果然。

卤肉、芒果沙拉、鱼肉泥、粽子，这些在广东也吃得到。只是下料更加凶些。蜂蜜青辣椒卤肉糯米饭，我这个爱吃甜的无锡人都觉得口味重——他们却习以为常。

既然说娘惹菜其实是中国＋马来风味，大概，马来菜风格比新加坡更强烈些？——的确如此。

到马来西亚，印象最深的，便是这里水多、蚊子多。被蚊子叮着，抱着一碗粉吃，吃得稀里哗啦。

马来西亚好像什么都可以加椰浆，酸甜苦辣，仿佛法国人下黄油、希腊人下橄榄油似的。

我自己也曾试过用椰浆调理咖喱，但做不到吉隆坡这么好吃。当时百忙之中来不及问，是后来到了曼谷，一边吃一家泰国咖喱米粉——老板写的法语菜单叫"水晶面"，真会用词啊——一边问诀窍，老板淡淡地说：没有诀窍，就是椰浆不能煮滚，滚了，味道就不好吃了。

曼谷给我印象最深的，是蔬菜和水果。只论处理食材的凶辣，泰国似乎不及马来；但蔬菜水果的鲜活，泰国好得多；水果个个都像经历了外星科技，硕大无比，让我觉得自己以前吃的水果，都是小人国出产的。

除了大，还有甜。泰国的水果甜得不对劲，是那种吃了一口，能让人齁住、仿佛一口吞下了阳光的甜。比如寻常饭后甜点，我可以吃两个芒果；在曼谷，用勺子挖了半个芒果，我就心悸不已，嘴被粘住，寻思：得，留点余地吧，这点能甜我一天了。

能让爱吃甜的人知难而退，就是这么甜。

我是在曼谷学会的徒手开榴莲——先去了蒂，看蒂下有条缝，徒手一掰，咔嚓，开了。掏了就吃。

都说榴莲是水果之王，吃过才知道为什么：泰国的榴莲，气味尤其芳烈。我开了一个，吃了四块，剩下的用保鲜膜装好，塞进冰箱——可依然满房间都是榴莲味道。赛过熏香。

卖榴莲的大叔跟我说：一定不要跟爱吃榴莲的姑娘私通——老婆肯定闻得出来。我下次去跟他买榴莲时跟他点头："味道真是厉害。"

大叔笑哈哈地说:"要不然,就让老婆也爱上吃榴莲就好啦!"

怎么听,都像是有故事的人。

巴黎人爱吃越南粉成狂,以至于自称世上最好的越南粉在巴黎。可是真在越南吃到了,还是得承认:越南粉毕竟还是要在越南。

巴黎人口味不敢冒险,吃越南牛肉粉最多吃个半生牛肉,还得靠汤来烫熟;西贡的越南粉却凶猛得多,说是半生牛肉,我看简直是全生,吃的就是个牛肉鲜味;巴黎一般越南粉馆子,给中号盘豆芽、薄荷、辣椒和柠檬,自己酌加;西贡的粉就差给你一脸盆豆芽了,香草分量也重得多。巴黎的越南粉吃个清甜鲜,西贡的越南粉更有一种亚洲式的勃然鲜味——蔬菜、牛肉、香辣料,吃一口,要忍不住呵一口气:青辣椒灼人哪!

南方以南有什么呢?

更多的蚊子,更潮湿的气候,可能更艰难的生活环境。

但也有更鲜,更辣,更甜,更冲动,更凶烈的味道。更多的户外生活,更多野趣十足的,来自自然本身的凶猛吧。

吃茶，喝茶

英国大概算西方世界最爱喝茶的一国了。18世纪，英国人喝茶全靠东印度公司接济。伦敦茶价，每磅茶值到四英镑——按购买力折算，到19世纪中期，一英镑都相当于2014年的二百磅以上，折合人民币两千元开外。

这么一想，一磅茶超过如今万元人民币，吓死个人。

所以英国维多利亚时期的艳情小说，经常描写贵妇人拿茶勾引壮年平民。现在看来简直是开玩笑：还有拿茶来勾引人的？但在那个时代，真能见效。

幸亏后来欧洲各国打抱不平，压低茶税，英国茶叶价才跌到两先令一磅，老百姓也才喝得起了。

好茶须配美器，所以瓷器茶具也在欧洲流行。中国瓷器在欧洲卖得贵，一半是因为易碎难运输，物以稀为贵（传说明朝时有人往西运瓷器，有种妙法，是往瓷器里塞沙土、豆麦，等豆麦长出藤蔓、缠绕瓷器、摔打不碎了，才启运），一半就是仗着英国人太爱喝茶了。

一般认为在1794年，英国人自己发明了骨瓷，说到底，就是被喝茶之风催的。

看着英国贫苦大众都喝上茶了，贵族们一度坐不住。18世纪，尤纳斯·汉威先生认定，英国普通大众，包括侍女和工人，就不该喝茶，不然没法专心工作、服务国家，可老先生却对贵族的饮茶风闭口不谈。说穿了，就是嫌下等人民粗穷，都喝茶了，就影响他老人家的尊贵地位啦。

可是茶叶价格还是跌，英国老百姓都能喝，没法儿禁绝，上等人只好拔高自己，把喝茶弄得神幻玄妙。比如1820年代的舆论里，英式下午茶是绅士与贵妇人独占的风雅，无数秘制点心的发明源头，须有好茶室、好器皿、饱学贵人、庄园主、艺术家们，才有味道。寻常体力劳动者，就只能牛饮喝茶，搭配粗面包和牛肉去。

18世纪，被贵族命为风雅的英国茶，绝大多数是红茶，且配糖。实际上，英国人没控制印度前，根本不相信绿茶和红茶产自同一种植物，一口咬定这是两种树上长的——因为茶从东方运到英国，必须耐久藏，而绿茶又是出了名的经不起久运，于是那时能到达英国的，全是发酵了耐久藏的红茶。曾经，玛丽女王的嫁妆里就有半斤红茶，真是当个宝藏着，其珍贵也如此。

18世纪，英国人喝红茶加糖，夸张到此地步：英国商界想统计全国一年喝茶多少，但因为走私逃税的茶太多，一时摸不透。他们脑子一转，计上心来——既然英国人喝茶都加糖，直接统计全国一年耗了多少砂糖，就好了嘛！

日本茶道，初识的人都觉得其仪式庄重繁琐，但其实日本史上茶道第一大宗师千利休，当年也抵制华贵装饰，喜欢"草庵茶室"，念的也是"清敬和寂"四字箴言，认为"茶道不过是点火煮茶而已"。

他老人家有许多传世茶器，大多不尚华丽，而求返璞归真。比如千利休定型的乐烧茶碗，不用辘轳拉坯，而用手捏刀削，器物未必规整，好在古拙自然。日本人折腾茶道，最初是学中国的。中国唐宋盛行点茶，日本人学去了。当时日本人点抹茶，惯例是先温碗，再调膏（以抹茶加些许水，调成糨糊状），然后以茶筅击拂。这技法，宋朝时蔡襄就总结了："钞茶一钱七，先注汤调令极匀，又添注入，环回击拂。"

千利休生活的16世纪，日本正经茶会，先饮浓茶，仪式感极重，还得大家轮流分一碗茶喝（日本人也不是不知道，这么做挺让人不舒服的，所以历史上还有"石田三成虽见大谷吉继传来的茶碗中有脏唾甚至脓液，依然慨然喝掉，两人遂成生死之交"的故事），然后喝薄茶。按蔡襄所谓的一钱七调茶法，在日本是极浓的茶了。

世界人民喝茶时，都要配东西吃。英式下午茶，糕点堆成金字塔：烤饼、熏三文鱼、鸡蛋、奶酪、果馅饼、面包、牛油、手指三明治……能组个英国版的"报菜名"。

俄罗斯人则用甜面包、蛋糕、蜂蜜摆满桌，经常就算一餐了。

日本人吃茶，配和果子。周作人先生很喜欢这玩意儿，认为日本和果子，虽是豆米做的，但"优雅朴素，合于茶食的资格"。

和果子这东西，材料不太珍异，不过豆沙、麻薯、栗子、葛粉和糖。关西饮食清淡些，和果子也做得细巧；关东口味厚润，于是从山梨县的信玄饼到东京浅草寺的人形烧，都是麻薯为里，外面厚厚一层黄豆粉。

京都有名的和果子店"俵屋吉富"，创于18世纪末了，给京都公家做了两百多年的和果子。您现在去买，其出品配料上，也无非是老老实实的"樱渍""黑糖""抹茶"，并无什么奇技淫巧，至今依然。好在和果子手感细洁，易取易吃；匣子精美，一张浮世绘风的京都地图为包装，连看带吃，和风俨然。

细想来，日本不只把茶给仪式化了，顺带把茶食也仪式化了——好吃之外，还考虑色彩、触觉，一整套的细致精雅。比如夏天须用葛粉来显透明清凉，春天就做出绿枝薇菜的模样。坏处是，和中国的月饼一样，日本和果子的仪式化，已到夸张的地步。比如你看日剧里随时随地吃的羊羹、机器猫吃的铜锣烧，单抽出来，也就是日常垫肚子的零食，可是往茶会上一摆，放进了织部俎盘、吴须手山路瓷盘、桃山风漆器碗、伊贺釉鲍形大钵这些来头甚大的东西里，那就是地道茶食，立刻身价百倍了。

中国人的茶食，就没那么琐碎规矩。古代小说里，常把喝茶写作"吃茶"，真是吃的。《金瓶梅》里，王婆和西门庆制造中国史上最著名奸情案，为了哄住潘金莲，就先"浓浓地点道茶，撒上些出白松子、胡桃肉"，是路边茶铺的喝法。孟玉楼要跟西门庆谈亲事，请喝的就是橘子泡茶，清雅得多。

《西游记》里蜘蛛精的师兄多目怪，为了给唐僧师徒下毒，就在茶里下了几颗枣子。《梦粱录》里，宋朝人四时卖"奇茶异汤"，花生、杏仁、芝麻、核桃都敢往茶里放，看着方子都很香。

至今吴方言里，"喝水"二字还被读为"吃茶"。扬州人认为"上午皮包水，下午水包皮"，即上午茶馆下午澡堂，是人生至乐。实际上一上午若真是光喝茶，人都喝成仙了，一下池子都化没了，所以在茶馆里主要还是吃。干丝、五香牛肉、烧卖，皆可佐茶。老扬州、南京人有"吃讲茶"之俗，比如要谈事，就不吃饭而吃茶。来笼点心，两碗茶，事情就能谈下来。

淮扬点心名动天下，一大半倒是吃茶吃下去的。比如扬州有名的干丝。老年代扬州，徒弟学手艺，先学切干丝。练习步骤，开始是切姜丝，切得熟极而用刀如神了，再切干丝。按扬州老例，干丝切好了，可以煮，可以拌。拌的做法，干丝用水略一烫，加三合油，宜茶宜粥。大煮干丝算一道菜，须下火腿、干贝、皮蛋等熬汤，众家亲贵王公，捧出一道小家碧玉的干丝来。

扬州人以前上茶馆，彼此客气。"请你煮个干丝吧？"

"拌就好，拌就好。"

广东茶餐厅的吃茶是最丰富的。茶其实已成配角，后面堆山填海的云吞面、虾饺、河粉、白云猪手、豉汁凤爪们才是关键。说也奇怪，边吃边聊，消磨掉如山积的时间和饮食，只要冠以"饮茶"二字，忽然就云淡风轻了。

吃 蟹

龙王每次遭哪吒或孙悟空等突袭时,总是只能气急败坏地升帐点兵,派出的也总是虾兵蟹将。这安排很有道理:虾们孱弱柔嫩,只好做兵;蟹们横行霸道,身有盔甲,有钳有脚,好威风好煞气,就能做将领啦。

只可怜蟹将虾兵连同龟丞相,同样缺少威慑力。每逢入秋,中国人就急吼吼地"通缉"蟹将军了。

江南人最馋蟹,吃不到蟹时,有道菜叫蟹粉蛋,也有叫假螃蟹的。大致是蛋清蛋黄分开打匀,以姜、醋调味炒之,蛋清如蟹肉,蛋黄如蟹黄,粥饭皆宜——其实也就是解个馋罢了。

拿这菜为例,可以印证蟹之美味。蟹肉如蛋清,柔嫩细白;蟹黄如蛋黄,口感酥沙。但说到底,也只能是聊解莼鲈之思。因为吃细一点的都知道,蟹肉除了细嫩,还有丝丝缕缕的秀挺之好处,是为鸡蛋所无。日本人烤大海蟹,专吃丝缕长条的蟹肉,非蛋白可比。蟹黄美味,又远非鸡蛋可比。

但是说到底，蟹最美味的，是蟹本身的鲜味。姜、醋再怎么以假乱真，终究不能鱼目混珠。

先贤李渔先生，除了能写《肉蒲团》品鉴男欢女爱，对饮食也有研究。他老人家说天下最鲜者两个，一是螃蟹，一是笋。酸甜苦辣都能用调味法子勾兑，唯独这鲜味，就像天生才情，不能以人工法子得之，所以格外珍贵。张岱说食物不加盐、醋而五味全者，就剩蟹了，意思也相去不远。

的确，等秋天肥蟹，蒸完了，一剥开壳，好家伙，满壳膏脂香肥，任哪个厨子都调制不出。

蟹味极香，所以蟹脚肉烤了或煮了，肉自带鲜甜之味；加姜、醋自然味极美，不加姜醋其实也大可吃得，吸罢一条蟹腿，吸得出好一口蟹汁。蟹壳里膏脂满腹，蟹黄是珍宝自不待提，咬一口牙都酥倒，看那红珠般的模样就让人心痒。但蟹壳里的汁液碎末同样动人。

我在某个老广东师傅掌勺的东南亚菜馆子里，吃过一个蟹壳焖蛋炒饭，饭松软，汁亦入味，香味全出，食之真令人感动落泪。

吃蟹最热闹的，莫过于江南。别处自然也吃，但不像江浙这样，全民都有吃蟹的手法。清时官宦宴席，讲究点的得上蟹八件，给蟹动外科手术，以便一只好蟹身上的犄角旮旯、丝缕肉汁，都被人类搜刮干净。但江南老百姓可不必劳烦器械。任何一个江南老阿姨，给她整蟹一只，她自有办法把这蟹盘剥得一干二净，真让人诧异她怎么有这么好的技法。

上海人贪吃这一口蟹，甚至可以接受每年蟹季到来时，比寻常小笼包贵上一倍的蟹粉小笼包。蟹季到来，苏州、杭州都会有蟹粉虾仁这类神异的菜。本来虾肉滑润清甜，蟹粉浓香酥融，未必相配，但这就像黄金白玉、鲜花着锦，奢侈之极，让人无从抵抗这感觉。

欧美人对蟹的感觉尤其特殊。1912年9月26日，德国的威悉支流阿勒河捉到过一只河蟹，当时德国人都啧啧称奇呢——就是说，德国人传统里连见到河蟹都少，遑论吃之？然后呢，河蟹又不是肉头厚、容易纳入饮食计划、料理起来很方便的那类东西。实际上论吃得细，中国人肯定是世界翘楚。中国人对凤爪、鸭颈、牛肚这类细东西的热爱，欧洲饮食体会不深；河蟹在中国可以被剥壳细吃，欧洲人没这么细腻的爱好。1980年代，勃兰登堡有湖产河蟹，德国人又嫌河蟹和鱼抢东西吃，打算灭绝河蟹——后来不知道怎么吃，只好拿来肥田，还嫌腥气重。可是如今，德国人也能跟美国人似的，烤烤蟹吃了。问题是欧美人从来只重吃蟹腿：中国人爱若性命的蟹粉和蟹黄，许多西方人觉得有肥皂味。真是"甲之蜜糖，乙之砒霜"。

所以在欧洲菜市场，很容易遇见慷慨老板，看你买了八条蟹腿，把一个连壳蟹白送给你。运气好的，一回家能啃一整壳的蟹黄。当然也有运气差的，赶上那蟹长了一个宽袍大袖的壳，留着瘦骨伶仃的身子，那就徒呼奈何啦。

最妙的是，螃蟹这东西，看着宏伟，可是体量不大。没听说过谁吃螃蟹吃出一身肥膘的。林黛玉这种多愁多病的身，在《红楼梦》里也能吃螃蟹，只是要喝口合欢花浸的烧酒，末了还能和贾宝玉、薛宝钗一起写螃蟹诗。

你看，吃螃蟹既可以开怀大嚼，品其美味，又不伤斯文——反正大家都会吃得满桌壳爪，林黛玉都不例外嘛。

吃 肝

世界人民都爱吃肝。据说老北京有钱人爱去山东馆吃鸭肝；南京马祥兴有明朝就传下来的菜叫美人肝，江浙人要吃韭菜猪肝就酒；俄罗斯人和瑞典人都吃猪肝牛肝，光吃不够，还用来制酱——瑞典人是猪油和猪肝一起熬了酱，配面包吃。说起来，无非是鸡肝、鸭肝、鹅肝、猪肝、牛肝、羊肝，都是酥融好吃，入口即化。再说直白点，就因为人类基因里对高脂肪高热量的钟爱，所以脂肪饱满、脂膏香浓的动物肝部，永远招人爱。

但人类也不笨，千万年下来，已经知道不能任着性子胡吃。看见高脂肪不吃，虽然会被馋涎烦恼，但心里愉快，隐然有"又少长了一块赘肉"的满足感。所以高脂肪高热量，也要精挑细选。

法国人吃鹅肝，就是特为满足人类这种既想吃脂肪又别扭的心态，应运而生的。

传说吃鹅肝这习惯始自古埃及。本来嘛，希腊和罗马人所谓的东方——埃及、巴比伦、波斯——那都是豪奢放逸之地,鹅肝这种劳动人民看不见、只让君王咂吧嘴的东西,也很适合那里。但我们如今所说的鹅肝,却是16世纪在法国出现的——很巧,那段儿法国正好是新东西层出不穷之时:玛丽·德·美第奇北来当路易家的王后,带来了香水和冰激凌,给法国宫廷日常起居上了堂时尚课,鹅肝这玩意儿,也可能多少经过了她的改良。

所以到现在,鹅肝的最正统说法还是法语:foie gras。

好吃的鹅肝,当然不是健康的鹅出产的。身怀好鹅肝的鹅,一不能是雌性,二不能太瘦弱。鹅养了百十天,能吃能睡了,就每天三顿灌粟米浆,灌饱了还让闷在小地方,不让溜达减肥。如此一个月,鹅得了脂肪肝,肝都有一公斤,这就能吃了。

法国厨艺,其实也不净是高雅的。有布尔乔亚菜(La Cuisine Bourgeoise),是老实的烤鸡配面包一类的做法。所谓法国大餐,基本是高等菜(Haute Cuisine),那就是无限制折腾了。

平民吃法里,也有吃鹅肝的:入了冬,满法国超市里都有卖鹅肝酱。鹅肝酱是经过调味的产物,留着鹅肝的香味和酥滑,但味道不太一样。而且这玩意儿,虽说是酱,其实不像番茄酱那样可以挤在薯条上,而更像是意大利果酱,凝冻滑软。

法国平民惯例吃法,是把锡箔纸包的鹅肝酱切一小片,搁在面包片上,然后点些洋葱甜汁,这就能吃了。鹅肝酱滑润,面包硬脆,洋葱甜汁帮忙搅和味道,对比极鲜明的口感。嚼几下,面包沙啦啦响,鹅肝酱已经融化了,让你忙着咂摸味道。法国人惯例吃东西时就酒,吃鹅肝酱,适合就法国南部产的酒,清逸隽香,解油腻,满嘴甜香。当然,洋葱汁是为了界面友好,如果你吃惯了,面包上搁鹅肝酱,也能下肚——这种吃法,更多点鹅肝酱的甜香。

但奢靡的自有奢靡的吃法。

比如煎鹅肝,不因为好吃,只因为繁难:鹅肝和英国烟肉一样,脂肪居多。煎得好,酥香漫溢;煎不好,明珠暗投。整块肥肝香煎是难得的大菜,让人吃起来有侍弄珍品的局促。香浓润滑的好吃,但稍微又有点儿虚无——毕竟鹅肝大多是前菜,不能指望其像面包牛排似的吃饱。

真吃到嘴里,酥滑销魂,有个味儿就下去了。吃不惯的,还会觉得略带动物腥味——当然老饕会说了:老子千辛万苦、不惜工本,吃的就是这点腥!

酒店里日常有的,常是半熟鹅肝。这玩意儿是经过烘焙调味的鹅肝，好吃且易储藏，吃起来也不会让人感觉太隆重。

　　法国菜的核心，是酱料。酱料的核心自然是奶油——新鲜的奶油很容易分辨，味道浓郁而且略硬些——然后就是各类昂贵食材。一般想烧钱，就有这种酱料来玩：波本酒蘸肉汁，放点奶油、切碎的松露和鹅肝。味道丰富，每一口都在吃欧元大钞。

　　我在尼斯听过一种吃法：用青椒与松露分别做酱，搭配牛肉片吃。这牛肉片是烤完后，片薄了，趁没冷，两片一夹烤过的鹅肝，就蘸酱吃。这牛肉还得挑，脂肪不能多，不然和鹅肝配，吃着腻——种种做法当然味道鲜明，但多少有点儿显示"老子有钱，能把珍贵食材这么折腾"的意思。

给食物起个中国名字

中国人自古骄傲,很重华夏和蛮夷之分。蛮夷有好东西拿来吃喝,也要特别给个称谓。古代中国人图俭省,习惯这么起名字:西域来的,都给个前缀,叫"胡什么",比如胡瓜、胡豆、胡萝卜、胡椒、胡桃,那都是西域来的。如果是海外来的呢,就叫"洋什么",比如洋烟、洋葱、洋芹菜,那就是海外发来中土的。西边是"胡",东边是"洋",分门别类,各安其所,舒坦啊。

但总这么拿"胡、洋"字眼给人安插,也不是很雅。中国古人既风雅,又身处礼仪之邦,入乡随俗吧。

意大利人 Matteo Ricci 来中国,也不强逼着中国人咬意大利语字样,自定了汉名叫利玛窦。中国人也客气,到清朝就管英国叫英吉利,管美国叫美利坚,都是好字眼儿。

比如说吧,鼻烟这东西,英文叫 snuff,清末大家都好闻这玩意儿,就给起个译名叫"士那夫",纯是音译。

烟草,tobacco,在菲律宾种得甚好,中国士大夫听了,按字索音，就译作"淡巴菰"，也有种说法叫"淡巴姑"。乍看字眼听读音，会以为是种清新淡雅、适合熬汤的菌类。

万恶的鸦片，乃是 opium 的音译不提，好玩在鸦片另有个中文名，叫作阿芙蓉。乍听之下，还以为是犯毒瘾的，特别钟爱其气味芳香定的美名。实际上一琢磨，鸦片在阿拉伯语里读作 Afyum，那不就是"阿芙蓉"吗？

广东和西洋贸易最早，于是造出了许多漂亮的译名。粤语译名，都按粤语读音，不拘形格，用普通话念，会觉得风马牛不相及。但用粤语一念，就觉得音极近。比如把 kiwi 翻成奇异果，真是神来之笔，意音皆近。milk shake 翻成奶昔，就有点一半一半——前一半意译，后一半音译。把 salmon 翻成三文鱼据说也是源自粤语，一如 sandwich 翻成三文治，只是很容易让人疑惑：三文治和三文鱼有没有远亲关系？

粤语人士至今称呼某种水果叫士多啤梨，不知道的会以为很神秘，细一看是草莓，再一想就明白了——strawberry，直接音译过来啦。

葡萄牙人拿来做早饭吃的煎蛋 omelette，粤语里叫作奄列。把 egg tart 译作蛋挞，也是粤语创意。

在广东茶餐厅，吃到班戟这玩意儿，第一次见，会以为是班超之戟，看模样，又不太像戟。再一看，是 pancake，锅摊薄饼的音译，可见广东人译音用字，又险又奇。实际上，因为粤语读音引入甚早，所以至今如布丁（布甸）、奶昔、曲奇、芝士这类西式茶餐惯见词，大家都习以为常，把粤语称谓当作惯用了。甚至日语うどん，被译成中文乌冬面，其实也是粤语发端。

但译名界的通行语言，不只粤语一味。清末，上海奋起直追，语言上也不遑多让。比如，Russian soup，俄罗斯汤，被上海话一念，就成了罗宋汤；广东人不是管 omelette 叫奄列嘛，上海人偏要出奇，用吴语念作杏利蛋。欧陆面包 toast，广东人叫多士，上海人就得叫吐司。

面包夹香肠，英语作 hot dog，中文倒没有叫"霍特多格"，而是老实意译，叫作"热狗"。依此推论，coldstone 冰激凌该叫作"冷石"，和"热狗"还真是一对，但现在官方译名却叫作"酷圣石"，不免让人替热狗鸣不平，大可以改叫"炽热狗"，听着也威风些。

唐朝的《酉阳杂俎》里头，已经提到过冰与奶制品混一的玩意儿，叫作"酪饮"。宋朝时，大家也习惯类似东西叫冰酪。但 ice cream 传入我国，译者就半音半意，来了个"冰激凌"。干嘛不古典些，直接叫"冰酪"呢？大概还是觉得"冰激凌"更机灵好听吧。同理，Dairy Queen，直译该叫

"奶品皇后",但这一听,好像是要喂小孩子似的,一股子保姆感觉,而官方译名"冰雪皇后",立刻就冷艳清新、活泼动人起来。

给外来食物起名字,最常见的,是起得特别洋气,如此可以大抬价格,比如牛奶咖啡音译成拿铁或欧蕾。但更狡猾的法子,就是让你丝毫不觉得突兀,润物无声,融入你的生活,潜伏到你有一天一愣神:"什么,这玩意儿是外国来的?"比如吧,土豆又叫洋芋,地瓜又叫番薯。大家听惯,不觉什么,但细想来,洋者洋人也,番者番邦也——这俩货还真像洋芹洋烟、胡桃胡瓜一样,是外国来的,然而本土化得实在太好。以至于现在如果有男生对女朋友说:

"我给你备俩外国菜……一个烤地瓜,一个胡萝卜炒土豆丝,怎么样?"多半会被女朋友啐。

里斯本、肉桂粉和天涯海角

我听过葡萄牙人吹嘘说,他们有两个天涯海角。

一是西南的圣维森特角——那是葡萄牙的最西南,实际上,也是欧洲的最西南。一艘船在大西洋,沿葡萄牙海岸线而行,到圣维森特角一转弯向东,前面就是西班牙、直布罗陀海峡和地中海了。圣维森特角隔着一片湾,是著名的萨格雷斯,至今那里还耸立着世界上第一个航海学校。你去那里,看得见一片故城,一片石头垒的旧校舍,一些石头排布的世界地图——当然,那是15世纪末,欧洲人想象出来的世界。锈迹斑斑的铁炮在城墙上排开,此外最触目的,便是悬崖峭壁上,垂钓大西洋的当地大叔们。

第二个海角,是葡萄牙最西的罗卡角——那也是欧洲的最西端。从里斯本去罗卡角,要半个下午的时间。沿路还来得及看到些别的,比如摩尔人的遗址——那地方像一个袖珍长城,但妖风阵阵,黑猫遍地,让人怀疑摩尔人爬上山来特意建此城,用意何在。但你真的去到罗卡角,只能看见无边无际的大西洋，以及那块著名的石碑，上书：Onde a terra se acaba e o mar começa——陆终于此，海始于斯。

在里斯本，最有名的景点是海边的贝伦区。你在午后，从中心城区坐电车，一路叮叮当当，大海——或者说，塔霍河——在你左手边，被阳光照得熠熠生辉。你会慢慢看见传说中的瓦斯科·达·伽马跨海大桥，看见贝伦塔，以及高耸的大航海纪念碑。在大航海纪念碑下，是整个世界海图，葡萄牙人很细心地记录了他们每次征服世界的路线：他们如何越过好望角，如何越过印度，如何到达斯里兰卡……船从里斯本出发，绕过罗卡角，绕过圣维森特角，把整个欧洲甩在身后，一路往南，然后，然后……

欧洲人要去东方，最原始的动力是香料。话说中世纪时，欧洲人刻意神化东方香料，把肉桂、生姜等奉为至宝，价比黄金，开始是因为物以稀为贵。东西一稀少，人就爱幻想，把香料都想象得神通广大、上接神仙府第。按说胡椒之类，也就是温热，没有剧烈影响神经系统反应速度的功效，但温热能让人起兴，加上安慰剂效应，也哄得动人。

1497年，瓦斯科·达·伽马过了罗卡角，过了圣维森特角，一路往南，当时的文献记载道："吾一行人于1497年7月8日周六由雷斯蒂耶罗港起航，愿上帝保佑吾人此行当有善果。阿门。"这次英雄主义加上愚昧无知的远航进行到六个月时,他们绕过了非洲南端的好望角;第十个月,他们到达印度。5月21日,他们对遇到的印度人说:

"我们是来寻找基督徒和香料的!"

四年之后,葡萄牙人成为欧洲的新香料暴发户,之前几乎垄断香料贸易的威尼斯人大感恐惧,觉得他们可能得变成鱼贩子——当然那是后话。葡萄牙人在印度东南,发现了肉桂的源头:斯里兰卡。他们大喜过望,跟斯里兰卡人订了协议,垄断了肉桂贸易。此举给葡萄牙带来多少金币无法计数,但更美丽的事实是,欧洲人明白了:世界上没有大鸟,没有做诱饵的牛肉,但确实有聪明的商人和美味的肉桂——只要你足够勇敢地出发,绕过罗卡角,绕过圣维森特角,一路往未知的所在去探索……

后来,荷兰人和英国人先后夺走了斯里兰卡,英国人开始在大吉岭种满红茶;后来,葡萄牙结束了短暂的世界之王地位,开始专职开发葡萄酒瓶塞,大航海时代成为迷梦一场。

现在,如果你去贝伦区,除了看见跨海大桥、大航海纪念碑、圣哲罗姆派修道院外,还能看见隔修道院一条街,有个甜品店,大字招牌:葡式蛋挞店,1837年开始经营。这店老而有名,队伍经常排到溢出门外。你战战兢兢买了具有近两百年历史的配方而制成的葡式蛋挞，售货员大叔会慈祥地提醒你买杯咖啡。

坐下吃，才知道咖啡用意何在——正牌的葡式蛋挞，蛋不是油汪汪半凝着，而是凝而成型，口感甜润；蛋挞底面硬而脆，而非其他地方那类起酥掉屑的松脆感；正牌葡式蛋挞，甜、脆、韧、浓得多，一口下去劲道十足，要从嘴里蹦出来。但你如果就这么咬了，服务生——如果他们忙得过来——一定会提醒你：要加肉桂，这样才有芳香的味道。

如果你还愿意喝啤酒，他们就会推荐萨格雷斯牌啤酒——很奇怪，很多葡萄牙人都爱喝这个。

这是大多数故事的结局：神话的、英雄的、愚昧的、残忍的、豪迈的大梦，传奇里的天涯海角，最后都会成为旅游者手机里的照片，或是餐桌上的标牌。在圣维森特角和罗卡角，大海总是很配合，时常波澜壮阔，惹你勾勒出一连串电影般宏伟苍凉的景象。但暮色沉落时，里斯本的游客们喝足了酒吃足了甜点，尤其是吃了一嘴的肉桂粉，到处找车回酒店。

里斯本的大航海纪念碑远远看去也就像一块大石头，而其上的达·伽马雕像，一如里斯本旁的海洋，呼吸沉默，一言不发。

天妇罗

日本人一般自认为，他们的战国时代，有三大枭雄：吞吐风云但中道崩殂的织田信长；权谋巧变的丰臣秀吉；坚忍沉默、终成大事、开三百年幕府的德川家康。

话说，家康此人，年少艰辛，中年跌宕，刀剑矢石下讨生活，在织田信长、丰臣秀吉两位枭雄身边隐忍。好在他懂医术，又耐心，善自保重，熬到花甲之年，秀吉过世了，于是夺了大权，开了德川幕府；再熬到七十五岁，在大阪夏之阵取胜，真正定了大局。到此地步，也该放下担子，安享晚年，却出了戏剧性的事儿：统一大局半年多，胃忽然出问题，未几逝世。

传说医官追根寻源，说源头是当时的京都富商世家茶屋清次：他们给家康大人献了鲷鱼天妇罗；天妇罗本是平民食品，德川家康的胃又尊贵，贵胄遇贱食，就完蛋啦！

当然这理由，也是逸话传说。天妇罗不像河豚有毒，日本人几百年来，会编俳句说"舍命吃河豚"，倒没听说有"舍命吃天妇罗"的。你说吃多了天妇罗对胃不好，但事实是，世上万物，吃多了都不妙。

反过来说，家康一辈子简素，偏对天妇罗忍不住，这玩意儿的魅力有多大呢？

天妇罗这东西，名字来源就传奇。在日本，这东西叫天妇罗；在台湾，叫作甜不辣——还真有台湾食坊，咬文嚼字，特意给甜不辣抹甜辣酱，以符合"甜不辣"汉字意思的！但实际上，天妇罗三字，也是舶来品、翻译名。

话说早年，葡萄牙人爱吃鱼，又信天主教。每逢大斋期，禁吃肉了，就来吃鱼。葡萄牙人的料理法很有名：拿奶油面糊，裹好了水果或海鲜，炸了吃，鱼亦然。这么吃鱼，又不破戒，又中吃，真是两全其美。这种鱼吃法，就叫 ad tempora quadragesima——葡萄牙语的意思是"守大斋期"。

16 世纪，葡萄牙传教士去了日本，带去了火绳枪、钢琴、地球仪、基督教和"守大斋期"。日本人管欧洲外来者叫南蛮，管火绳枪叫铁炮，管基督徒 Christians 叫切支丹，最后，看中了这个"守大斋期"：这玩意儿读音不是 tempura 吗？好，就叫天妇罗吧！

天妇罗到来前，日本人也没少吃油炸物；但天妇罗到后来，葡萄牙人奶油面糊、重度油炸的料理法，才在日本开始发扬光大。到18世纪中期前，天妇罗都还是屋台食物。屋台者，路边摊是也；屋台食物者，快餐是也。江户城是职人之城，手工业者众多，又多旅游者，所以日常路边快餐三大件，大受欢迎：一是寿司，尤其是制作简便、随手可就的握寿司；二是荞麦面，小麦粉和荞麦粉混合煮罢，加酱油鲣节面汤；三就是天妇罗。

18世纪中叶后，日本产油量突飞猛进，人民在自家也做得了天妇罗，无须去路边吃了。到此地步，天妇罗才成了国民食品。

正统做天妇罗的法子，一是深锅，经得起160℃以上油热；二要好"衣液"，鸡蛋、冷水、小麦粉糅混来做面衣；三就是好"种"，就是裹在面皮里的东西。上好野菜新鲜鱼，抵得上个积年老厨子；如果能在好季节赶上伊势湾大龙虾——所谓伊势海老——来做天妇罗，对日本人而言，简直奢华得赛过满汉全席。

古代日本平民爱吃天妇罗，却也难怪：日本的大名家老，饱食终日，不缺油水，可以搞搞清敬和寂，琢磨素雅的茶道；平民日本人缺肉食，看见高热量就心猿意马。

江户时代，平民吃天妇罗，是炸得油黄焦脆，淋酱油吃；

武家公家这等贵族，光吃油炸物嫌腻，于是会用味霖、萝卜、生姜、柑橘汁、海盐、柚子皮来调味，以清鲜酸甜的味道，消解天妇罗的油腻。

又因为古代屋台上，卖荞麦面和天妇罗的常是一家——好比北京卖煎饼的必备果子——所以也常有荞麦面、天妇罗一起卖，当场磨出鲣节配酱油做蘸料的吃法。当然，这两样都做得地道的，真也得江户时代老店了。

日本人因为出产少，吃食方面，最善于用极少的食料，磨无限的工夫，而且引以为豪，觉得这是职人的本分；加上地域观念极重，关西人觉得江户口味甜浓，江户人觉得关西人口味偏淡。如今台湾的甜不辣虽也称天妇罗，其实更接近关西风味，关西人自称是天妇罗。关东人看不上，称之为萨摩扬。萨摩扬基本是沙丁鱼、乌贼鱼、鲭鱼或其他鱼或蔬菜，切片，腌过，再油炸来吃。

江户人做天妇罗的讲究，极是可怕。就以"衣粉"为例，要打入蛋液，蛋白多的称"银妇罗"，蛋黄多的称"金妇罗"。大概用蛋白多的更柔腻，用蛋黄多的更香酥。也有厨子提过建议，说油太重了对胃不好，试看德川家康可知。还有人说，重油天妇罗是屋台时代商贩的卖法，多油炸得香脆，是为了用感官勾引客人，对健康却不利。

自然，还有人拿海苔卷裹了寿司再炸的天妇罗、梅子干腌罢的天妇罗、馒头天妇罗，不一而足。

更夸张的是，据说做天妇罗的师傅，需要五感通透。为什么呢？大概是眼观，看得见食材变化；耳闻，听得见油炸时声音的变化（油的声音会随着温度升高而变尖锐）；鼻嗅，能感受气味；手触，对油温的变化了如指掌……讲究些的，还要用冰水糅合面衣，以维持面衣的制作温度，保持面衣口感——日本人是真能折腾。

还是说德川家康。自他过世后，江户城内将军内府，一度不许吃天妇罗。听着像是家康吃天妇罗得胃癌，搞得幕府一朝被蛇咬十年怕井绳，实际上是因为：天妇罗这玩意儿是大火油炸，容易着火，一烧起来，日本大奥那些木结构建筑，就此灰飞烟灭矣。

但百姓摸黑，州官依然放火。1867年幕府终结时，就有传说搜检末代将军德川庆喜住处，挖出五寸大盘，装天妇罗的。可见将军不许老百姓沾这个，自己却私下偷吃，大快朵颐。

稍微想一想家康当年吃的鲷鱼天妇罗：众所周知，鲷鱼肉质软，鱼头煮汤极鲜，鳞多而脆。按一般吃法，得去了鳞炖汤，鲷汤炖萝卜也是日式名菜了；但如果使之做天妇罗，只要略用盐与醋调理,然后油炸,鱼鳞就脆而且香,加上内中水软细嫩的肉质,外酥里嫩,怎不叫人销魂?加上油炸把鲷鱼头的鲜味封住,势必美味无比。

所以家康舍命吃天妇罗,真也可以理解:隐忍了一辈子,终于大局已定;这时大油高热量美食当前,是该规行矩步继续忍着,以七十五岁高龄磨磨叽叽,还是心无挂碍、甩开腮帮享受人生?大多数人的选择,显然不难猜嘛。

清口菜

张佳玮请天狗先生吃星辰。吃过星辰的人都知道,那玩意儿的口感很飘忽,有时鲜脆但是发涩,有时甜浓但是偏软。天狗先生吃着,觉得这一天的星辰很可口:鲜而且脆,还覆了层甜软的酱。他于是问张佳玮:

"这,什么酱呀?"

"是月光呀!"张佳玮说,"月光好的晚上,星光会淡一点;那时候摘下的新鲜星辰,披着月光酱,又甜又软,就这么好吃。"

"这样子……月光酱真是好吃。"天狗先生点了点头,又吃了两个星辰。

过了两天,张佳玮去看天狗先生,看他脸色不好。"怎么啦?"

"都怪你。"天狗先生怏怏地说,"我前两天,吃了你的月光酱拌星辰,没吃够,就想,如果直接把月亮吃了,不是很过瘾?——我去试了试,你看到啦!月光只能蘸,不能囫囵吃！腻死了！躺着我了！"

每次从地铁出来，看到下雨，我就默念咒语：

"家里还有米，回家煮得了，饭上可以顺手蒸个香肠；土豆和胡萝卜切了块，炒一下再煮到火候，和冷咖喱拌了，加上嫩炸鸡块油煎过，用来浇米饭；周日涮剩下的虾丸、木耳和蘑菇，炖个汤喝，锅里还能放些萝卜片；牛肉切了片，抹上酱，用洋葱热煎锅烫熟了配菜；趁锅热，又有多的肉酱，煎个蛋，撒点生豆芽菜。"

然后一拍手："急急如律令！"

于是就云散日出、阳光普照了。

我边给炒锅洗澡，边听她唠叨。

"你那个竹铲刮得我不舒服，还是换个木铲吧。"

"嗯。"

"你近来炒饭时，老是用结块的米饭，下锅才开始使铲子切，很疼好不好？"

"嗯。"

"你新买那油还行，以后都买那款吧。"

"嗯。"

"你近来煎鸡块，都用煎锅，不找我了，是不是嫌我身材不如她骨感？"

"煎锅轻嘛。"

"你看你就是嫌我胖!"

地铁站,一头狮子朝我走来,低着头,话说得很快。

"吵架了。女朋友逛街时说晚饭要吃土豆。我生气走出来。俩人的通票都在她那儿,我也没钱。能不能装作你的宠物,逃四站票?"

"好。"

车上,我坐着,他趴我脚边。我没话找话聊。

"鬣毛挺好看的。"

"谢谢。女朋友梳的。她说,雄狮出门,发型很重要。"

"挺恩爱的,为什么还要吵?"

"……我想吃莴苣……"

我听说,同样一个巫婆,冬天用薄荷味、橙汁味、柠檬味的肥皂水换热梅子酒。晴天,你用肥皂水吹出五光十色的泡泡,浮上天空。泡泡吸取阳光,越来越重,最后像柔软的羽毛球一样落地。你捡回去,入夜将肥皂泡拍碎,就可以收获满屋子温暖的阳光。薄荷味泡泡里的阳光是绿色的,橙色出自橙汁味,金黄色出自柠檬味。

我听说,南方有种鸟叫雪鸢。翅粗短,春、夏、秋季学鸡、鸭、鹅漫步原野。到冬天,两翼吸寒云成羽毛,奋然起飞,往北而行,和南下的大雁擦身而过。越往北,双翼越大,成垂天雪云。冬季将完,它便南行,沿路春暖,翅膀化成大雪洒落,它自己越飞越低,滑翔到河滩寒树边。谚曰:鸢雪下,春归来。

我听说,有些地方,习惯把糯米和上肉糜、芝麻、豆沙、花生等种在地里,浇以醪糟,至元宵节,能收获许多的汤圆。有嗜猫肉者,性残忍,逮猫一只,和以糯米,埋于地下,寻思吃猫肉汤圆。元宵,果然结巨大汤圆十余个。正待煮,汤圆裂,爬出猛虎十余只:"是你这厮要吃我们,对吧?自己乖乖钻糯米粉里去!"

早餐盘里,荷包蛋对水煮蛋说:"我一直喜欢你,只怕你嫌我皮肤黑皱,不敢说。现在蛋之将死,我……"水煮蛋说:"我也一直喜欢你,只可怕你嫌我太软弱苍白,不敢说,现在蛋之将死,我……"此时,一声断喝:"早说了胆囊不好不许偷吃蛋!快撤了!"——从此,荷包蛋和水煮蛋幸福地在一起了。

肉馅汤圆爱上了青菜汤圆,上门求亲。青菜汤圆爸爸把着门不让进,说:"肉菜不两立!别看你生得白胖,可肌理泛红,我就知道你一定杀过生!我们家不欢迎你!"肉馅汤圆和青菜汤圆正待抱头大哭,青菜汤圆妈妈撇撇嘴说:"不就是嫉妒人孩子比你壮嘛，你肚里的青菜馅不也是猪油和的吗？"

我听说有一种谷物，品行刁钻，挑三拣四，要施以榛仁、松果、花生、芝麻，浇灌以巧克力浆、朗姆酒、蛋白，如此经春历夏，它才能茁壮成长。每年结果百余个，有足球大小。到熟成便自己坠落。剥开稻谷，就能收获足球大的榛仁松果花生芝麻朗姆酒心巧克力蛋糕。此谷物培养最大的麻烦在于：不熟悉其种植的人，常会给它施肥，然后……

以前，有个人去意大利旅游。先是被偷了钱包，再是被偷了护照。他想掏手机找人，发现手机也被偷了。他找到当地警察局想报案，发现自己的记忆也被偷了，他都想不起来自己是谁。当他刚想下决心重新寻找自己时，街对面一个大眼睛姑娘的微笑偷走了他的心。

现在他在热那亚附近卖烤鱼，那个姑娘负责收零钱，给烤鱼洒柠檬汁。

收留太阳吃晚饭的那一晚

入冬之后,天黑得便早,论该是黄昏时候,星辰已上来。我拿钥匙开门,发现太阳在屋里,蹲坐在窗下楼梯口第一阶。看见我进来,他抬头"哟"了一声。

"没打招呼就进来了,抱歉啊。"

"没事,"我说,"从窗口进来的?"

"天窗。"太阳说,"你早上出门没关天窗,我就顺势滑下来了。"

"噢……是凑巧还是?"

"是朋友介绍的,你是张佳玮,我没走错人家,对吧?"

太阳会在下班后,随机歇宿到人家里,这还是前两天我跟朋友喝酒时听说的——那天太阳就歇在他家里。当时我喝多了甜白葡萄酒,随口来了句"那就住到我家来吧——我家还多个沙发床呢"。大概我那朋友转达了这意见。不过也说不定。我不想多问,不然显得从来没见过世面的样子。

下班后的太阳跟我想象得不太一样,不太绚烂暖和,显得疲惫苍白。如果不是长得圆鼓鼓，身周还有金色的芒焰，说他是个大白汤团都有人信。当然，因为下了班，金色的芒焰也不再熊熊燃烧，而是垂落着，金得发白，像一只患了白化病的狮子。

"红茶，可以？"我问太阳，太阳点点头，打了个哈欠，"抱歉，太困了，而且说来不好意思，饿了。"

"今天我回来得也晚，所以路上就构思好了，图方便，汤锅里下一点酒，煮肉丸、芹菜、萝卜片、藕片、豆腐干和早上就发好的木耳。如果你需要，我可以另外再来个蚝油生菜，反正很快。"

"汤锅就行，谢谢你啦。"太阳满脸不好意思的样子，"我现在就想吃点热乎的。"

"红茶。"我把杯子递给他，"我不知道你喜不喜欢，不过加了一点儿糖和柠檬，提提神吧。"

若的敲门声。我去开了门，指了指太阳，"有客人。"若看了眼，咬我耳朵："太阳还是月亮？"

"太阳啊，多明显。"

"可是他看上去挺苍白的。"

"我女朋友。"我指着若对太阳说。若爽朗地递过去纸袋："刚买的羊角面包。"

"谢谢啦。"太阳点着头。

"冬天上班挺累的吧?"我问,太阳边喝一口汤,边默默地点头。

"汤还合适?"若问,"我习惯味道重一点儿。"

"挺好的,真谢谢你们了。"太阳说,"那个,上班是挺累的。这个季节,因为冷,云的脾气很不好,要说服他很难。我也想每天都灿烂微笑,可是又冷又累,又时常跟云吵架,所以有时候表现得也不尽如人意……加上近来又有点儿忙……"

"怎么呢?"若俨然打听八卦似的,太阳挠了挠头。

"我白天上班时,都偷空给月亮织一次性外套来着。"

"是怕她晚上黯淡无光吗?"我问。

"不只这样。说来怕你们不信,其实月亮比我还怕冷。"太阳说,"所以得给她织厚一点儿、暖和一点儿,好让她上夜班。每天我要下班时,就把织好的外套放在云上,等月亮上班时就能套上,可是云总是要扯一截给自己扮靓,就是晚霞啦,最好的颜色都被他抢掉了……"

"我回家路上,还看到了呢,颜色和手艺都不错呀。"若说。

"就是好奇,"我插了一句嘴,"你和月亮的关系,到底是……"

"其实没有啦。"太阳说,"我们就是工作伙伴关系,而且还是不同班次的;只不过她上班时我下班,我上班时她下班,有时会彼此望一下。可是毕竟她一个女孩子,上夜班还挺冷的,是吧……"

吃完饭,太阳帮我们收了餐具,还自告奋勇要洗碗。他边洗碗,边满脸歉意地说:"那个,因为明天我要早起上班,所以得早睡……"

"明白明白。沙发床可以吗?可惜只有毯子……"

"毯子就够了,实在是太麻烦你们啦!"

太阳裹进毯子后,很快就睡着了。他一睡着,脸上仅余的一点光也熄灭了,芒焰垂落在床边。我和若并肩在楼梯扶手边看了他一会儿。

"像不像个小孩子?"若问我,我点了点头。

"把羊角面包给他放茶几上吧,"我说,"他明早早饭要吃的。"

我一晚上没睡稳,到凌晨时分,听见轻轻的叩窗声。我和若一起醒了,互相望望,打个手势,望了望下面:窗口有一张白色的脸孔。是月亮。

"醒醒,上班了!"她说。

"嗯嗯,我知道。"太阳揉着眼睛走去开了窗,"你先进来吧。"

"这家对你挺好啊!"月亮开始给太阳叠毯子,顺眼看了看羊角面包。

"是挺好的。"太阳说,"对了,他们还问起咱俩的事来了。"

"你怎么说?"

"还能怎么说?说我们没什么关系呗。"太阳摇着头,叹了口气,在月亮身边坐下。

"是挺辛苦的。"月亮说,"但谈恋爱就这样。你看半人马、土星和天王星他们,三角恋呢,更辛苦。我俩还算好的。"

"嗯,我知道。"太阳抚了抚月亮的头,"你回去休息吧,我上班了。"

"嗯。噢对了,昨天你织的外套挺暖和的。"月亮说。

月亮从窗口蹑手蹑脚出去了。太阳想了想,低手从肩上拔下一束芒焰,搁在茶几上。他走到窗前,吸了一口气。苍白的脸色忽而变得橙红,随即转为金黄;垂在身侧的芒焰缓缓直立,燃烧起来;天风四合,云翳流动,他身上一轮轮光晕由暗而明,如波涛涌动,不断饱胀开来。猛地,一道炫目光闪过,我们不由得闭眼;再睁眼时,太阳已不在窗前了。暗青色的东方天空,隐约有一缕光开始流动起来。

"他上班去了。"我对若说,"我们再睡一会儿吧。"

"如果我们昨天给他吃点辣椒,他会不会今天特别热烈?"若问。

"那我们给他吃薄荷糖和冰激凌,今天还会下雪呢。"我说。

太阳留下的那束芒焰很有用:光亮暖和,像盏长明灯。之后的冬夜里,我们经常不开灯,就用这束芒焰照着,围炉吃锅。有一天正吃着,听见敲窗户声。我走过去看,是月亮,手里捧着一大片阳光。

"他给我织的满月外套,我说我今天是钩月,穿不尽,他就裁下这一片儿,托我送给你们了。"

"谢谢,代我问太阳好。"

"让他下次还来。"若说,"上次吃得太简单了。"

"他是有些不好意思。"月亮说,"而且觉得骗了你们心里有愧。"

"骗了我们?"

"嗯,就我和太阳谈恋爱的事。"月亮大大方方地说,"他骗你们说我们没在一起。"

"我们其实知道啊……"若说,"他也太不会骗人了。"

"我知道他没骗到你们,你们知道他没骗到你们,就他不知道。"月亮笑了笑,"所以说他没心没肺的。"

"我觉得这是一腔热忱,没心眼子啊。"我说。

"嗯,我就喜欢他这点。"月亮说,"那,回见了。这片儿阳光,你们可以当被子盖,又暖和又轻软,很舒服的。"

"回见,回见。"